逆鱗のハルト
I
奏
Illustration
吉田エトア

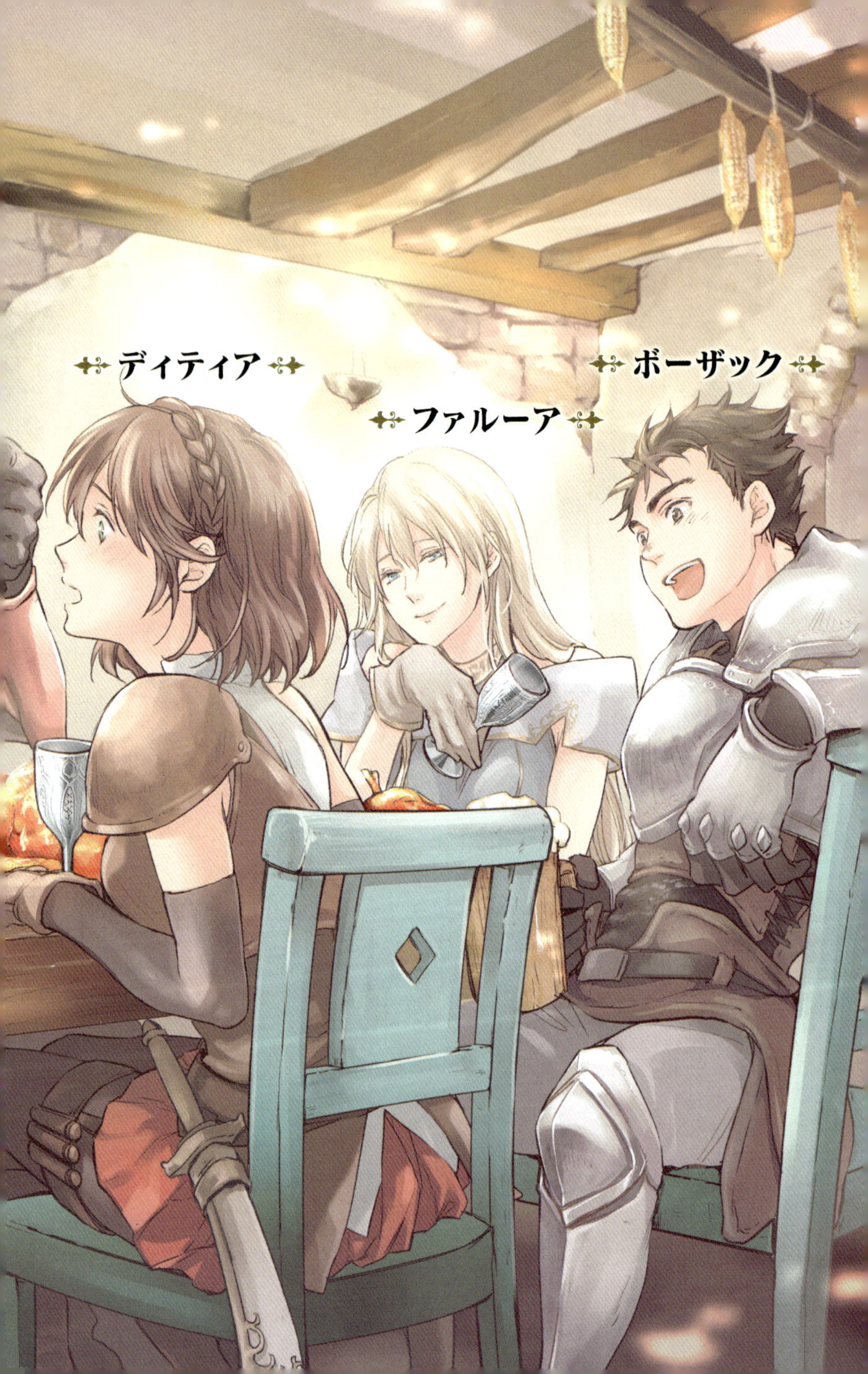
ディティア
ファルーア
ボーザック

グラン
ハルト

アイザック
シュヴァリエ
ナーガ
ガルフ

逆鱗のハルト Ⅰ

奏
イラスト　吉田エトア

新紀元社

CONTENTS

第一章　最高のバッファー、いりませんか。

冒険者は、冒険者養成学校での三年間を経て資格を取り、パーティーを組んで、初めて冒険に出ることを許される。満十五歳から養成学校に通うことができ、一番若くて十八歳で旅立つことが可能だ。

卒業して冒険者になると、各地のギルドで依頼を請けることができるようになる。魔物討伐、素材の調達、遺跡や未踏の地の調査が主な依頼で、それをこなしながら世界中を旅するのだ。

養成学校は各地に設立されていて、俺の生まれた町にも勿論あった。

俺は十五歳で養成学校に入学し、気の合う仲間同士でパーティーを組み、十八歳で冒険に出た。

――それから六年。

パーティーメンバーの誰ひとり欠けることなく、順調な冒険者生活を送っていた俺たちは、久しぶりに皆で里帰りをしようとしていた。

故郷まで徒歩で三週間ほどの距離にある小さな町にたどり着いたのが昨日だ。

旅のついでにと、いつものようにギルドで依頼を物色していると、隣に誰かが立つ気配。

なんの気なしに見ると、肩ほどまでの濃茶の髪の女性がそこにいた。

ぼんやりした表情で、依頼が貼り出された掲示板を見上げる彼女。……見覚えが、あった。

「……ディティア？」

彼女の名前が、口からこぼれる。

すると、エメラルドグリーンの瞳を見開いて、彼女が振り返った。

「え……？」

「あ、あぁ、ごめん……俺は——」


冒険者養成学校の同級生は四百人を超えていたが、彼女は有名だった。

双剣の使い手の彼女は、女性にしてはどちらかというと珍しい部類の、前線で戦うタイプ。〈疾風のディティア〉という二つ名で知られるほどで、つまりは強かったのだ。

確か、女性ばかりの五人でパーティーを組んでいたと思う。


「——俺は、わからないとは思うけど……」

「ううん、わかるよ……ハルト君。同級生だよね？」

思いも寄らぬ彼女の言葉に、俺は驚いて固まる。

まじまじと見てしまったが、ディティアは思い出の中の溌溂としたさまとはまったく違い、顔色も悪く悲しげな表情をしていた。

「驚いた。顔だけじゃなくて名前まで覚えてくれてたのか。ちょっと嬉しいかも」

俺が笑ってみせると、彼女は目を伏せて「そっか」と頷いた。

「……あ、えっと……パーティーメンバーは？」

俺のパーティーメンバーは先に宿に向かったが、彼女のメンバーもそうなのだろうか。

なにか話そうとなんの気なしに発したその質問は……触れてはいけないものだった。

「あ……その……私」

なにかがぷつんと切れたのか、それとも決壊してしまったのか。——突然、ぽろぽろとこぼれ出した涙。

俺は、さーっと背筋が冷えるのを感じた。

「うえっ、わ、わあ！　ど、どうした？　大丈夫……？」

エメラルドグリーンの瞳から、とめどなくあふれる雫。焦って慰めようとしたものの、そんなに簡単にはいかなかった。


「あの、ごめん、ハルト君」

少し落ち着いたのか、俺が買ってきた紅茶のカップを両手で包んだ彼女は、ほう、と息をつく。

「……うん。ごめん、俺が無神経だったみたいだな」

泣きながら彼女が語ったのは、自分以外のパーティーメンバーが全滅した事実だった。

――大規模討伐依頼。


一定の力量を得た冒険者は、その証に認証カードをもらうことができる。

そして、その認証カードによって難易度の高い依頼も請けられるようになり、その最たるものが大規模討伐依頼だ。

凶暴な魔物――例えば龍のような巨躯の魔物や、何百と群れを成した魔物の討伐を、何十組ものパーティーで協力して行うものである。

俺のパーティーメンバーも全員カード持ちだけど、その依頼を請けたことは六年間で一度だけ。

難易度の高い依頼だけあって、リスクが大きいからだ。

しかし彼女は〈疾風のディティア〉という二つ名で持ち上げられ、どうしても参加してほしいと頭を下げられることも多く、数々の大規模討伐依頼に参加させられていたという。

彼女のパーティーメンバーの四人は後方支援職で、前衛に比べれば基本的には安全なのだが……

悲劇は起きた。

討伐対象であった知恵の回る魔物の群れが、後方支援部隊を奇襲。――討伐自体は成功したものの、近年まれに見る大被害を出したその討伐依頼は、冒険者の間でいまも話題になっている。

……確か、ほんの一カ月前の話だ。

俺もその話題は知っていたけど……それに参加していたなんて。

沈黙のなか、俺は彼女の腫れた瞼にいたたまれなくなって、聞いた。

「依頼、請けようとしてたのか？」

「え？　……ああ、そう、だね。なにかしてないと……壊れちゃいそうだったんだ……でも、もう」

「……そっか。あのさ、もしかして故郷に帰ろうとして、ここに？」

「……うん」

「そしたらさ、一緒に行かないか。俺も……俺の仲間も、帰るところなんだ」

ほかのメンバーも、きっとわかってくれるはず。

俺の提案に、ディティアは腫れた瞼で二回、瞬きをした。


俺のパーティーメンバーは俺以外に三人。

勿論、ディティアの同行は満場一致で受け入れられた。


前衛の大盾、グラン。

鍛え上げられた筋肉の厳つい体つきで、ほとんどの人が見上げるほどの高身長に、切り揃えた顎髭の大男。紅い髪と紅い眼が近寄りがたい雰囲気を醸し出すが、面倒見のいい俺たちのリーダーだ。

扱うのは白いつるりとした大きな盾。髪と眼の色に揃えたような紅い鎧を纏い、手にした大盾で魔物をぶん殴る姿は、誰が見ても相当恐いものがある。

前衛の大剣、ボーザック。

背はそんなにないが、それをカバーする大きな剣と俊敏さを売りにした、黒髪黒眼の男。そうだな、俺の目線の高さがちょうど彼の頭くらいだ。男にしては小柄だろう。

艶消し銀の鎧を纏い、その背と同じくらいの大剣から繰り出される剣戟は、見た目に反してかなりの速さである。

中衛のバッファーの俺、ハルト。

金に近い茶の髪と、蒼い眼。ほどほどに鍛えた体で、背はグランよりは低いけどそこそこ。

バッファーっていうのは、仲間や自分に強化魔法……つまりバフをかけながら自分も戦ったりする、まあ正直とてつもなく地味で目立たない、不人気な職のことだ。普段はバフをかけつつ、双剣を使って戦っている。

後衛のメイジ、ファルーア。

長い金髪で、俺と似ているけど少し濃い蒼い眼のさばさばした紅一点。女性にしては高身長で、ボーザックより少しだけ高い。

俺たちのパーティーでは唯一長距離からの攻撃が可能で、多彩な魔法を操ることができる。

全員同級生だけど、グランが俺の六つ上、ファルーアは二つ上で、ボーザックが同じ年齢だ。ディティアも俺と同い年だとわかって皆が少し打ち解けたあたりで、故郷まであと一週間程度で着く距離になった。

なにかとディティアを気にしている俺を、グランが「お前が気を遣うなんて珍しい」と茶化してきたりする平和な道程。ディティアと一緒に旅を始めて二週間が過ぎているが、天候も安定していて、魔物も襲ってこない。

――けれど、ディティアはあまり笑うこともなく、ずっと元気がないままだった。

そんななか、広い森に差しかかったあたりで、俺たちは放棄された屋敷を発見し、あわよくば一夜の宿にするつもりで調べることにする。

「誰もいなくなってから、しばらく経っているみたいね」

ファルーアが外観を眺めながら言うと、剣を下ろしたボーザックがあたりを窺った。

――しんとした森で、鳥の声すらしない。

「そうみてぇだな、あんまり雰囲気もよくねぇ。警戒しろ」

グランは切り揃えた髭をごつい腕で擦り、大盾を構えた。

「ハルト、バフ頼む」

「ああ」

手をかざし、グランとボーザックに肉体強化のバフを、ファルーアには接近されたときのために反応速度アップのバフをかけ、ふとディティアを見る。

そっか、臨戦態勢になるのは初めてだっけ。

「私はバフはいいよ、ハルト君はいつも通りにしてて」

「いや、そうもいかないだろ。俺、いちおうバッファーだからさ……なにもするなって言われると居場所がないよ?」

「あ……ええと、そっか。それじゃあ……速度アップとか、お願いできるかな」

「おう、任せとけ」

「……うん」

シャンッ
頷くと、彼女は自然な感じで双剣を抜く。ゆるりと下ろされた両手に光る剣を、俺はまじまじと見詰めた。

磨かれた刃は美しく、森の緑を映している。

——これが〈疾風のディティア〉の双剣か。

「行くぞ」

グランの声に、俺たちは屋敷に踏み入った。

ガァンッ

鈍い衝撃音とともに、魔物が撥ね飛ばされた。

グランの大盾が、その厳つい体からは想像できない速さでぶん回される。

ボーザックが大剣で自分より一回り大きな魔物を斬り伏せると、倒れた魔物にファルーアのとどめの氷魔法が突き刺さった。

屋敷には、狼を大きくした魔物が数匹と、耳の先が少しだけ尖った小人のような外見をしたゴブリンの上位種、ゴブリンホーンが居座っていた。広いホールに出たところで、そいつらが襲いかかってきたのだ。

ディティアはまるで風のように、ひらりと身を踊らせながら魔物を斬り裂いていく。

はっきり言おう。魅入られてしまうほどだった。

しかし、ディティアの着地した先にボーザックが斬った魔物が吹っ飛ばされ、そこにファルーアの魔法が向かってしまう。

「ディティア！」

俺が叫ぶと、ディティアはまるでわかっていたかのようにくるりと側転。魔法は無事に魔物に炸裂し、大事には至らなかった。

――やがてすべての魔物を倒し終わり、俺はファルーアに駆け寄った。

「ファルーア！　さっきの魔法、危なかっただろ！　後衛なんだから、もっと前衛に気を配れよ」

「……はあ？」

ファルーアは肩にかかった長い金髪を払うと、俺をじろっと睨む。

「……あんたねぇ、ハルト。私が間違ったみたいに言うけど、そもそも……」

「ファルーアさん、すみませんでした」

「えっ」

後ろからの声に振り返ると、ディティアが頭を下げていた。

俺は驚いて言葉に詰まる。ファルーアも、黙ってしまった。

「ハルト君。ファルーアさんは、ハルト君のパーティーの後衛よ。ハルト君のパーティーの前衛に合わせて援護するのが役目なの。私は……一緒にいさせてもらってるだけ。私が、ファルーアさんが慣れている戦い方に踏み入って迷惑をかけたの。だから、ファルーアさんを怒るのは間違ってる」

「う」

「後衛がいてくれるから前衛が……頑張れるんだよ。だから、前衛は後衛を守らないといけないの。それを……」

しまった。と、俺は思った。

後衛を亡くしたディティアに。最も言わせてはいけない彼女に、それを。

「後衛に気を配るのは、私だったの。ハルト君」

――言わせてしまった。言わせてしまったのだ。

言葉が見つからない。

背中を向ける彼女を……ディティアを引き止めようと、手を上げたけど……。

「────」

なにも、できなかった。

部屋から出ていった彼女。

ファルーアはため息をついてから、俺の頭をぱこっと殴った。

「馬鹿ハルト。行きなさいよ、ディティアが可哀想だわ」

「まったくだ。ディティアが心配なのはわかるが、お前が落ち着け」

グランにも苦笑されて、俺は情けなくて頭を下げた。

「……ごめん、ファルーア、皆も」

「あんたのその馬鹿正直な素直さは気に入ってるわ。さっさと仲直りしてきなさい」

「俺たちここで待ってるよ、ハルト」

ファルーアとボーザックに背中を押されて、俺は彼女を追って部屋を出た。


ディティアは荒れ果てたバルコニーでぼんやりと空を見ていた。

気付けばすでに夕暮れで、茜色の空はどこか幻想的で。

まるでそのまま彼女が溶けていきそうに見えて、俺は思わず手を伸ばして、その腕を掴んだ。

「う、わあ！」

まったく無防備だった彼女は、俺が引っ張るがままになって、目を白黒させる。

「ごめんディティア」

「えっ、ええっ？」

「……だってさあ……ごめん」

なにを言っているのかわからなくなったけど、それでも謝ろうと必死だったんだ。

出会ってから二週間経って、ようやく打ち解けてきたと思ったところだったのに。

彼女は俺に怒っているわけじゃなく、自分が仲間を守れなかったことに、ひとり絶望しているんだって感じて。

だから、俺はたまらなくなって、思わずディティアの小さな体を抱き締めてしまった。

「……！」

硬直する彼女。

「なんかさあ、ほっとけないんだもん、お前。もう少し、俺たちと歩み寄ってくれないか……？」

「えっ、な、なにっ、ハルト君っ？」

「つらいのもさ、わかってやれなくてさ。だけど笑えるように手伝うからさ……」

「え、えぇと……」

「もっと俺たちを頼ってくれない？」

そのまま、ディティアが息を呑むのを聞いた。

俺は背中に回していた腕を緩め、どうにかして慰めようと、彼女の頭をわしわしと撫でる。

柔らかくてすべすべした髪。

彼女は俺よりずっと強い〈疾風〉。でも……ただの女の子だ。

「……は、ハルト君……私は……」

「悲しい、と思うし、つらいだろう、とも思うから……せめて、いまはひとりにならないでさ。……きっと誰かといるべきだと思うんだ。……そんなに気張らなくていいし、ちょっとくらい、この頼りない胸を貸すからさ」

「──っ、もぉ、ずるいよ……」

所在なさげだった彼女の腕が、俺の背にしがみつく。

そう、こうやってさ。いまはきっと、誰かに寄りかかるべきなんだ。


落ち着いたら、彼女の顔は真っ赤に熟れた果物みたいになった。

目すら合わせてくれないから、思わず笑ってしまう。

「あははっ。なんだ、ディティアって可愛いんだな！」

「なっ、なに言ってるの？」

「いや、そんな真っ赤になってさ。よしよーし」

「ひゃあぁ！　も、もう大丈夫だから！　その、撫でるのとか、恥ずかしい……」

「うっわあ、ほんと可愛いな！　小動物みたいだ」

「〜っ！　ハルト君！　それ褒めてないからね？」

もお、と膨れる彼女の表情が、学生だった頃の溌溂としたものに少しだけ近くなった気がして。

嬉しくて、俺は素直に彼女を可愛いと褒める。

皆の前でもそうしたら、あとでボーザックに無神経だと怒られ、ファルーアには叩かれた。

……なんでだろう……。


「おおー、我が懐かしの故郷〜」

両手を広げて、大袈裟におどけて見せるボーザック。

その視線の先、丘の上に見える町並み。入口まではもう少し歩かないとならないが、見る限り俺たちの故郷は、六年経ったいまでも変わっていなかった。

丘陵が広がるこの地帯では一番大きな町で、住む人は少し離れた川から運河を作って水を確保し、農作物を育てて生計を立てている。

実は、冒険に出てから初めての帰郷なんだよな。

「そういえば、帰ってからどうすんのー?」

ボーザックが思い立ったように言うと、ファルーアも首を傾げた。

「そおねぇ、とりあえず家には一度戻りたいし……十日くらいゆっくりするのはどうかしら」

「そうだな。よし、十日後の昼にギルドに集合で、それまでは各自、自由行動」

グランが決めて、皆頷いた。

俺たちのパーティーは最年長で盾を担うグランがリーダーである。だから当然のようにグランが予定を決めたけど、そこでふとディティアはどうするんだろうと思った。

「ディティアは、この先どうする？　……冒険者、続けるのか？」

「私は……そうだね。まだ、決めてないけど……ほかにできることもないから」

悲しそうな顔で、双剣の柄をなぞる彼女。俺はそっか、とだけ頷いて、少し考えた。

それなら、またパーティーメンバーを集めることになる。

〈疾風のディティア〉であれば、名の知れたパーティーもこぞって仲間にしたがるだろう。彼女ならきっと、もっと有名になって、仲間を守り、守られながら数々の冒険をするはず……。

……そっか、俺たちとは、町に入ったら……。

「あれ」

変だな。心臓のあたりがぎゅーっと締め付けられるような感覚を訴えてくる。

俺……ディティアと離れるの、嫌かも。

「……」

思ってもみなかった気持ちに、戸惑う。

「ハルト君？　どうかした？」

「あ、ううん。なんでもない。……それじゃあ、町に着いたらとりあえずギルドに行く？」

「うん、そのつもり」

「俺もちょっと依頼の確認したいから、一緒に行こう」

「わかった」

――ギルドまで。

そこまでが、俺とディティアがともに行動できる僅かな時間。

切なさだけが、俺の心の中で渦巻いていた。


「皆さん、ここまで本当にありがとうございました」

町の入口まで来ると、ディティアは俺たちを前に頭を下げた。

ほとんど戦闘もなく帰ってきたから、〈疾風のディティア〉を見た回数は少ない。それでも、十分過ぎる強さを見せてもらって、グランが唸ったほどだった。

「まあ、なんだ。元気でな」

そのグランが、髭を擦りながら言う。ディティアは、少しだけ微笑んで頷いて見せた。

「いまは無理だろうけれど、普通に笑ってもいいってこと、覚えておくのよ？」

ファルーアがそう言って、彼女の両手を包む。ディティアは口を引き結んで、涙をこらえようとしている。

「ふぁ、ファルーア……」

いつのまにかさん付けもしなくなっていた彼女を、よしよしと撫でるファルーア。

「また会うことあればさー、声、かけるよ」

ボーザックがはにかんで言うと、ディティアはうんっと頷いた。

——そして。

「ハルト君、私を一緒に連れてきてくれてありがとう」

俺を見る、エメラルドグリーンの眼。ファルーアの名残で少しだけ潤んだ、宝石のような綺麗な眼。

俺は不覚にも込み上げるものがあって、さっと背中を向けた。

「ぎ、ギルドまでは一緒だろ！」

それを見た皆から笑い声が上がる。……俺たちは三人と門で別れて、歩き出した。

「ハルト君、学校の模擬戦って覚えてる？」

「え？　ああ、十人ごとに組まされたやつ？」

唐突な話題だったけど、俺は答えながら思い返す。

……うん。よく覚えている。

成績に直結するって話だったから、ちょっと本気を出したのだ。


俺たちバッファーは、絶対数が少ない。

仲間や自分に強化魔法のバフをかけて、自分も戦う中途半端な職種とでもいおうか。

通常、バフは二個目をかけると一個目に上書きしてしまうので、強化できることは限定的。別にバフがなくても戦えるのだから、その微妙な立ち位置たるや、情けない限りだ。

そのため、バフが使えてもバッファーを名乗らず、前衛として戦う奴らのほうが圧倒的に多い。

あえてバッファーを名乗るのは、つまり自分があまり強くないか、使えるバフの種類が多いか、だいたいはこの二種類だろう。

けれど、俺は……ちょっと特殊で。バフを重ねてかけることができたので、バッファーを極めることにしたのである。

ただ、三個以上かけるとバフが切れたときの肉体への負担が酷かったので、普段は重ねがけができることは一切表に出さないようにしていた。ちなみに、冒険者養成学校に入る前に、俺自身に重ねがけして実験したことなので間違いない。

パーティーメンバーには、さすがに重ねがけができることを話してあるが、バフを重ねたのは強敵と出くわした数回だけである。

……そんな俺のバフを、養成学校の模擬戦ではこっそり自分だけ二重にかけていたってわけだ。

「ハルト君、すごく強かったの。そこでバッファーっていう職に初めて興味を持って……それで名前を覚えたんだよ」

「え、強い？　俺が？」

「うん。それからも機会があればバッファーの戦い方を見てたりしたんだけど、模擬戦のハルト君だけはずば抜けてた。それで——ある日、大規模討伐依頼でね、重ねがけできるバッファーに出会ったの。その人の二つ名は〈重複〉。それで思い当たったんだけど、ハルト君、もしかして重ねてバフをかけられるんじゃない？」

「……！　驚いた……俺の模擬戦だけでそこまでわかるのか？」

「あ、やっぱりそうなんだ。……どうして隠してるの？」

少しだけ困ったような顔をしたかもしれない。彼女は慌てて、言いたくなかったらいいと言葉を重ねた。

「ええと……バッファーに二つ名持ちがいるのもなんとなく知ってたけど、俺はそんな大それたもんじゃないし……なにより、あんまりたくさん重ねると、後遺症が残ったりしちゃいそうだから」

答えると、彼女の目が見開かれた。

「……え？　たくさん、重ねる？」

「うん。俺は三個までやってみたけど、二〜三日動けなくなった」

「……！」

なにをそんなに驚くんだろう。まあ、ちょっと珍しい表情が見られたからいいけど。

呑気に考えて彼女の顔を眺めていると、ディティアは俺の服の裾を掴んで、立ち止まった。

「ハルト君、〈重複〉の二つ名の人はね、二個までしかバフを重ねられないんだって。私、それより多くかけられる人を知らないよ」

「……え」

「ハルト君、実はそれ、すごいことなんじゃあ……」

「そ、そうなの？」

「うん。ハルト君、きっと二つ名も〈重複〉よりもっと格好いいのが付いて、引っ張りだこになるよ……一個だけじゃ劇的には強くはなれないけど、二個以上かかるとバフってすごいもん」

そこまで言って、ディティアは息を呑んだ。

「……あ、ごめんなさい……そうだ、そしたらきっと、私みたいに……」

二つ名があれば持てはやされて、難しい依頼への参加要請が多くなる。……その結果、彼女の仲間は亡くなった。そのことを言っているのだと、すぐにわかった。

「……ごめん、そうなったら、もう少し……一緒にって、思って……」

絞り出すような声に、俺は彼女から意識を逸らすことができなくなる。

彼女は、仲間を欲しがっているのだ。

「……ディティア」

「せっかく会えたから！　元気も分けてもらえて、私、嬉しかったから、ごめんね」

あはは、と笑って、彼女はまた歩き出した。

ギルドは、すぐそこ。

俺の気持ちは、中途半端な状態で前に進めないままだった。


結局、なにも伝えることができずに、ギルドをあとにした。

〈疾風のディティア〉は彼女を知る冒険者たちの目に止まり、すぐにざわめきがあたりを包む。

俺はそこで、それじゃあ、とだけ。

ディティアは最後に……優しい笑顔を浮かべ、頷いた。


実家の両親はもともと冒険者だったため、俺が六年ぶりにふらっと帰ったのを快く歓迎した。

冒険の話も聞きたそうだったけど、ちょっと休みたいと伝えて部屋に籠もる。

ディティアのことが、頭から離れない。

〈疾風〉の二つ名で、頼りにされてきたディティア。

頼られて請けた依頼で、仲間を亡くしたディティア。

同じように二つ名があれば、なにかを共有できるかもしれないと、彼女は思ったのだろうか。それとも、ただ俺たちと仲間でいられる理由を探していただけだろうか。

だとしたら、俺は、それを突き放したのかな。

……彼女を仲間にするとしたら、まずは皆の承諾が必要だ。それから、彼女の二つ名によって参加を要請される依頼をどうするのか考えないといけない。

けど、彼女の力は相当だ。俺たちといても、どれだけ彼女を助けられるんだろう？　戦うときの陣形だって変えなければならないし。

……堂々巡り。

「ハルト、お客さんだけどー」

母さんの声で、我に返る。

気が付けば、とうに日が暮れていて、部屋が暗かった。

お客さん、と聞いて彼女を思い浮かべてしまうあたり、かなりきてるなあ……。

ひとり苦笑して居間に向かうと、そこには……グランが窮屈そうに椅子に座っていた。

「グラン……？」

「おお、邪魔してるぞ」

「なんだ、どうかした？」

俺が聞き返す間に、母さんがお茶だけ出して席を外してくれる。

グランは礼を言って、俺に向き直った。

「〈疾風〉の噂、かなり広まってるな。ここに来るまでにもかなり耳にした」

「ああ……ギルドに着いたときから、ざわざわしてたからなぁ」

遠い昔になってしまったような、切ない感情が込み上げる。

ディティアの、最後の笑顔がはっきり浮かんだ。

「なにか、言ってたか？」

「え？　ディティアが？」

「ほかに誰がいる」

俺は……少しだけ考えてから、ギルドまでの道程で彼女と話したことを、ひとつひとつ、伝えた。

模擬戦のこと、バフのこと、名前のこと。彼女が、一緒にって言いかけたこと。……なにも言えなかったこと。

「ハルト……お前情けねぇな」

「な、なんだよ急に」

「お前、有名になる気はあるのか？」

「ええ？　……バフのことか？　……う、ん……どうかな」

「俺は、有名になるって決めたぞ」

「えっ、そうなの？」

「ボーザックも、ファルーアもだ」

「は、え？」

そんなことといつから考えていたんだろうと思って聞こうとしたけど、グランは俺に口を挟む暇を与えずにぽんぽんと言葉を投げて、最後に、一番強力なやつを落とした。

「そのために〈疾風〉をパーティーメンバーにしたい。その相談に来た」

「は、はあ？」

「……ふ、意外か？」

「当たり前だろ！」

「お前が難しく考えすぎなんだ」

「いや、だって簡単には……！」

「つまり、反対か？」

「それはないけど！」

グランはそこまで聞くと、たまらなくなったのか、笑い出した。

くそ。なんだよ、これ。

「だってさ、ディティアのお荷物になるのは嫌なんだよ！　だから、あいつを仲間にするなら、皆で難易度の高い依頼とかどうするのかも相談しなきゃだし！　強くなって有名にもならないと、だし……陣形だってさあ……」

捲《まく》し立てたところで、グランの笑いは止まらなかった。

むしろ、ますますエスカレートしてさ。

「……なあ、仲間にするつもりがあるなら、そもそも町の入口で別れる前に、俺にも相談するべきじゃない？」

情けないことに、俺の最後の呟きは今日一番の笑いとなった。

ギルドのパーティー募集掲示板は、〈疾風〉向けで埋まっていた。数時間でこれだ。彼女の知名度が相当だってことを改めて実感する。

ざっと見ても、いくつかは聞いたことがあるパーティー名、何人かは二つ名持ちだ。

俺はグランの指示で彼女を捜しながら、募集掲示板への記載もすることになった。

「でも俺たち、パーティーメンバーを募集したことないから……考えてみたらパーティー名なんてないぞ」

独りごちて、掲示板の前で途方に暮れる。

そもそも、名前があったとしても彼女が気付かないだろう。伝えていないんだから。

俺はやけくそになって、用紙にでかでかとこう書いた。

『ディティアへ。最高のバッファーと、仲間の笑顔、いりませんか？』

彼女を捜すため、俺は用紙を貼った掲示板に一瞥をくれて踵《きびす》を返した。

「飯屋に〈疾風〉がいた」

「武器屋で女性の双剣使いを見た」

「公園で〈疾風〉が瞑想していた」


目撃談なのかなんなのか、そこら中で〈疾風〉の話が聞き取れる。

俺は自身に聴力を上げる（実際は五感が増す）五感アップバフをかけて、町を奔走していた。

聞こえた場所に行ってみてもすでにディティアはいないし、そもそも彼女の家なんて知らない。

養成学校にも行ってみたけど、〈疾風〉の実家は教えられないと貼り紙がされていた。

……誰かが先に聞きにきたらしい。がっくりと肩を落とす。


もうだいぶいい時間だし、空には星が瞬いていた。

今日彼女を見つけるのは至難の業かもな……ギルドで待ち伏せるほうが得策か……。

ため息をついて、ギルドに向かう。ギルドはいつ冒険者が来てもいいように二十四時間開いているため、待ち伏せるなら併設された食堂の席を確保しないと、と思ったんだ。


——しかし、そう上手くはいかず。

皆、考えることは一緒だった。席なんて空いているはずもなく、壁際にまでずらりと冒険者が並んでいたのである。

嘘だろ……これ全部〈疾風〉待ちか？

　すると、その壁際から声がかかった。

「ハルト」

「うお、ボーザック……お前も張り込み？」

「そう。グランから聞いたからさ。見つからないの？」

「うん……」

「……これは、難しいかもしれないね」

「ごめん、俺が先に引き止めればよかった」

　ごった返す冒険者、冒険者、冒険者。

　ボーザックと壁際に突っ立って、その隙間を真っ黒なローブを頭からすっぽり被ったメイジがよろよろと進んでいくのを眺める。

「どこにいるんだろうね」

　ボーザックが呟く。

「……うん」

　俺が目で追っていたメイジが、パーティー募集掲示板の前で立ち止まった。可哀想に、〈疾風〉宛ての募集ばっかりで、困り果てることになるだろう。それか、〈疾風〉への募集を貼りたいのかもしれないな。

　自分の貼ったデカ文字の用紙が、ここからでもわかる。

　きょろきょろと掲示板を眺めていたメイジは、ふと動きを止めた。

「……って、おいおい」

なぜかメイジが俺の用紙を剥がし、まじまじと眺め始めたのだ。悪戯にでも思われたのかもしれない。確かに物珍しい用紙ではあるけど、それを持っていかれるのもちょっと恥ずかしい。

俺は慌てて人混みを掻き分けて、掲示板の前にいるメイジのもとに向かった。

……そして。

「ごめん、それ、俺の出した募集なんだ。それでも真面目な募集だから……」

「……っ」

びくりとして顔を上げたメイジと目が合う。ぽろぽろと涙があふれるその顔に、ぎょっとした。

俺は、無言でその手を掴み、ギルドをあとにする。

……ボーザックを置いてきてしまったけど、それどころじゃなかった。


家まで連れ帰ってしまったメイジ。『彼女』はそのローブの下にいつもの軽装備を着込んでいた。

フードを外せば、濃茶の髪がさらりと肩にかかる。

とにかく居間で椅子に座らせると、母さんがまたお茶だけ出して席を外してくれた。

「あー、あのー、君は、〈疾風のディティア〉さんですか?」

勿論、『彼女』が誰かなんてわかっている。でも、なにか言わなきゃと思ってそう言葉にすると、
瞳を濡らしっぱなしの『彼女』はぶんぶんと頷いた。

「……まさかメイジのふりしてるとは思わなかった。……捜したよ」

「わ、私も……その、驚いたぁ……」

泣きながらそんなことを言うので、俺は困った挙げ句、その髪を撫でた。

「初日もこんなだった気がするなあ」

「違うよお、今日のは、嬉し泣きだもん」

「おー、やっぱ可愛いこと言うなあ」

「ハルト君の馬鹿」

馬鹿って……ファルーアが移ったんじゃないかな。俺は彼女の髪を撫でたまま、思わず笑ってしまった。

その手には、まだ例の用紙がぎゅっと握られている。

「あのさ、ディティア」

「……はい」

「最高のバッファー、いらない？」

「……！」

「いまならなんと、ディティアを支えるために一緒に有名になる仲間が、あと三人付いてくるよ」

「う、うぅ──っ」

彼女は突然立ち上がり、俺にぎゅっと抱きついた。

「〈疾風〉の二つ名持ちの、双剣使い……もらってくれませんかぁ……」

彼女の涙は止まらない。俺はそんな彼女を抱き締めて笑った。

「よし、決まりだな！」

こうして、俺たちの冒険は始まった。

彼女を迎え入れたことで、俺たちのパーティーがどんどん有名になるのは、これからの話である。


〈疾風〉の二つ名を持つ双剣使い、ディティアが仲間になった。

つまり俺たちのパーティーは、数多の冒険者の興味の対象になったわけだけど。

「どれにしようかな」

依頼を選ぶのは俺の仕事だ。

俺たちの故郷のギルドには、早朝だというのに結構な人数がたむろっている。町がそこそこ大きいため、新しい依頼を逸早く確認したい奴らが多いんだろう。

依頼が貼り出された掲示板の前で悩んでいると、ちらちらと視線を感じた。

注目を浴びるようになったなぁ……。これが、興味の対象になった俺の最初の感想だ。こちらを見ている奴の多いこと多いこと。

ディティアを仲間にした俺たちが羨ましかろう！　とか言ってみようかなと話したら、ファルーアに殴られたのは昨日の話だ。

「討伐依頼……よし、これにしよう」

まずは、ディティアと一緒に戦うときの陣形や戦い方を考えるところから確認だーってグランも言っていたから、こういう依頼をいくつかこなすのがいいはずだ。

カウンターで依頼を請け、たくさんの視線を一切無視して、俺はギルドをあとにした。


「ただいまー」

帰ると、居間にパーティーメンバーが集まっていた。

ギルドでは目立ちすぎるので、当面は俺の家が拠点になったのだ。

父さんと母さんは当然〈疾風のディティア〉を知っていたので、特に揉めたりはしていない。ふたりとも、もともと冒険者なだけあって、理解があるので助かっていた。

「依頼、請けてきた」

俺がばさりと資料を置くと、早速グランが見てくれる。

「大型が二種類と、小型が一種類。小型は十匹前後の群れだってさ」

付け加えると、ボーザックがうんうんと頷いた。

「陣形確認に複数戦闘の練習だね。いいんじゃない？　さすがハルト」

「早速行くのかしら？」

「そうだな。昼飯食って、討伐といこう」

皆が話を進めるのでふとディティアを見ると、彼女は小首を傾げて微笑んでくれた。

うんうん、自然に笑えるようになってきたな。……彼女の変化は、嬉しいものだった。


討伐対象は町から少し離れた場所に生息している。たまに畑を荒らすため定期的に討伐依頼が出る、ブタに角を生やしたような大型の魔物だ。

陣形についての話し合いはすでに済んでいて、前衛に大盾のグランと大剣のボーザック、中衛にバッファーの俺と遊撃手としてディティア、後衛にメイジのファルーアとなっていた。

「目標確認！」

ボーザックの声で戦闘態勢になる。

いままでは、自分が魔物の標的になるようグランが率先して前に出て、ボーザックがその援護をするのが常だったけれど、そこにディティアが入ることで討伐は楽になった。

正直なところ、一撃が大振りになりがちな大盾と大剣だけの前衛で、隙が生まれやすかったんだ。

ファルーアを守る役目は中衛の俺が受け持っていたから、バフだけに集中するわけにもいかず、双剣を使うことが多かったのもよくなかったんだと思う。

自分の武器には弓も考えたんだけど、間合いを詰められたら対処しようがなかったのもあって、双剣を選んだ。いまとなっては結構しっくりきている。

「ハルト君、もう少しだけ腕を高く構えるといいよ」

そこにきて〈疾風〉の登場。自由に動き回る彼女はまさに風。

「お、おう」

ひらりと舞い踊る戦いっぷりときたら、もうなんか、圧巻。

しかも、いつの間にやらファルーアとの連携具合が凄まじい。

ディティアが斬った箇所で爆発が起こり、かなりのダメージを与えていくのだ。

本当、やばい。このパーティー、強すぎないかな。

ちなみに、余裕が生まれたお陰で俺がバフに集中できたのも、戦闘力の底上げになった。ここぞという場面でバフを書き換えたり、重ねたりすることができるようになったのである。

戦い終わったあとにディティアが感心したくらいだから、それなりにやれたんじゃないか？

「切れる前にバフをかけ直してくれるからすっごく楽だった、私びっくりしたよ、ハルト君」

「そうかな？　ならよかった」

見ると、前衛のふたりも口元を緩めていて、満足そうだ。

「それより、ファルーアとの連携がすごかったな。いつの間に？」

聞くと、ファルーアが笑った。

「今日からよ？　ティアも私を見てくれるし、私もティアを見ていたからね」

「……てぃあ？」

初耳の単語にさらに聞き返すと、今度はボーザックが割って入る。

「ティアか！　いいね、俺もそれでいこうかな？」

ディティアはその提案に微笑んだ。

「あ、うん！　ボーザックさんも是非」

「ねえ、ついでにさん付けはやめてくれると嬉しいんだけど。どうかな、ティア？」

「えっ、それは……むむ、そっか、わかった。ボーザック」

ディティアが順調に馴染んでいくのは、素直に嬉しい。

「じゃあ俺も君付けをやめてくれよ」

笑って言うと、予想外の返事をもらった。

「ハルト君？　ハルト君は……うーん、ちょっと難しい」

「え」

驚いて彼女を見ると、ディティアは本当に悩ましい顔をしている。

「なんか、ハルト君はハルト君って感じがするんだよね」

「ああ、そうなんだ……？」

どう応えていいかわからず、ただ困惑する俺の肩にボーザックがぽんと手を置いてきたから、俺はそれを払って睨んでやった。

なんだよ、もう。


討伐依頼をすべて終えるともう夕方で。今日も天気がよく、夕焼けが綺麗だった。

前を歩くディティアの髪が、夕焼け色に光る。

いまここに、彼女がいてくれることに感謝しないとな。彼女と肩を並べるためにも、俺たちパーティーは、もっと強くならないと……ひいては、有名にならないといけないんだ。

「しかし、思いの外やりやすかったな」

グランが満足げに言う。

ファルーアも頷いて、杖をくるくると回した。

「これなら、すぐにでも出発できそうね」

「あー、そしたら俺、海があるほうへ行きたい」

ボーザックは胸の前で右手の拳を左手で受け止め、嬉しそうに続けた。

「内陸ばっかり回ってたから、そろそろ海鮮がいいなーって思ってたんだよね」

「じゃあ、次は海都オルドーアにでも向かうか」

「やった、さすがグラン！　いいよね、ファルーア、ティア！」

「……あれ、俺が入ってないぞ、ボーザック？」

「ハルトの意見は反映されないからね、聞いてない」

「うわー、それ酷くないかー」

ファルーアとディティアから笑い声が上がり、俺たちは夕焼けの中、町へと戻るのだった。

第二章　逆鱗とやらに触れたので。

海都オルドーア。

海に面した巨大な港町は、ほかの大陸の情報が集まる場所でもあった。そのため冒険者が多く、ギルドも相当な賑わいを見せている。

六年前、俺たちが故郷を旅立って最初に向かったのが、この海都だ。その懐かしさもあって、なんとなく感慨深い。

「名を上げるにはまず、大きい依頼をこなしていかないとだよな」

グランの指示で、俺はめぼしい依頼を物色している。……隣には〈疾風のディティア〉がいた。

ここまで大きいギルドだと、さほど注目もされない。それでもときどき、視線は感じるけどな。

「この討伐依頼とかはどうかな」

大型の魔物の討伐依頼を指すと、ディティアは小首を傾げて唸った。

「うーん、少し簡単すぎると思うな。どうせなら認証カード持ち専用掲示板を見ない？」

「それもそうだな。……俺たちパーティーは、いままでそっちの依頼はほとんどやらなかったから」

「そうなんだ？　あんなに強いのに？」

そう言いながら歩き出した彼女についていく。

「強いっていうか……ディティアが来るまでは結構隙が多かったと思うよ」

「ああ、大振りな前衛だもんね」

さすがというべきか、ディティアは的確に弱点を指摘してくる。彼女自身の強さと、そういう聡明さもあって、有名になったんだろう。

「私は……」

「うん」

「カード持ちの依頼ばっかり請けてた、よ」

思わず、だったんだろう。そう言って、少し肩を落とす彼女。

俺はそんなディティアの頭に、ぽんと手を置いた。

「俺たちパーティーでさ」

「うん」

「有名になろうって、グランが言ってるから」

「……うん」

「いつかは、皆で二つ名を持って、ディティアだけに頼らないようになるよ」

「……うん、皆、優しいね」

前を向く彼女は、まだ立ち直っていない。……それでも進もうとする意思が感じられた。

一緒にいるからには、もっと強くなる必要があって、それはグランが言うように『有名になる』ことでもある。

小さく拳を握って「よし」と気合いを入れ、俺はカード持ちの依頼に目を通し始めた。

「それで請けたのが、これ」

バシッ。

宿に戻り資料を叩きつけると。

「魔物の生息地での採取……か」

グランが顎髭を擦る。

その顎髭は海都オルドーアに着くまでにも伸びたはずだけど、常にすっきり切り揃えている。厳ついけど、そういうところは細かいんだよな。

「うん。カード持ち専用だし、そこそこの強さの魔物がいるらしいよ。採取するのは薬草」

情報を伝えると、ボーザックが資料を指差した。

「……んー？　たった三本って書いてあるけど？　そんなんでいいの？」

「その薬草、あんまり生えてないみたいだ。魔物の巣に近いほど群生してるらしいけど、近寄りすぎると危ないって配慮なんだってさ」

「なるほど。あわよくば討伐……って考えているのね？」

ファルーアが優雅に足を組んで、妖艶な笑みをこぼす。

「そう。俺たちパーティーで楽にやれるなら、たくさん取ってギルドに名前を売るつもり」

俺は答えながら、皆をぐるりと見回し、その装備を確認した。

ファルーアは柔らかい素材のぴったりした水色のローブに身を包んでいるが、彼女の趣味なのか深い切込みが入っているため、足が出ている。生地はしっかりとしていて、結構丈夫なんだとか。使い古した杖には赤い石が嵌め込まれていて、柄の部分は傷だらけだ。

ディティアは彼女の隣で紅茶を飲んでいた。

肩までの濃茶の髪とエメラルドグリーンの眼、背が俺よりも頭ひとつ分は小さい彼女は、腰に双剣を差し、動きやすさ重視の軽そうな革鎧で、その下はスカートに見えるよう工夫された短いパンツにタイツを穿いて、膝下までのブーツ。

どれも上等に見えるけど、なかでも彼女の双剣を包む鞘には装飾があって、きっとかなりの業物なんだろう。

「あははっ。ハルト、俺たちのパーティーには名前ないよ？」

そこでボーザックが笑う。

黒髪黒眼で爽やかな雰囲気を持つボーザックは、周りに気を配って笑いを取ってくれる、明るい性格だ。小柄なことも、「背負った大剣の大きさが際立って強そうに見えるはず」と開き直っている。

彼が着込んだ鈍色の鎧は、冒険者に成り立ての頃に気に入って、当時の所持金のほとんどを叩《はた》き買ったものだ。大切に磨かれてきた鎧は、鍛えられた体によく映えた。

「パーティー名か……確かになぁ」

グランは眉をひそめて考え込んだ。厳ついけど、俺たちのことをちゃんと考えてくれる。

髪や眼と同じような色をした紅い鎧と、背中のくすんだ乳白色の大盾は、冒険に出るときにはすでに持っていたから、長い付き合いのはずだ。

「……その依頼、終わるまでに考えるか。各自、意見出せよー」

『はーい』

皆で返事をしながら、俺は自分の装備を確認した。

濃紺のシャツの上にディティアと同じような革鎧。汚れが目立たないように黒パンツにしているので、ぱっと見は地味。腰の左右に分けて双剣を装備し、腰の後ろにはバックポーチをセットして薬や応急処置用品を入れてある。

……うーん。

ディティアの装備と違って、俺たちの装備はだいぶ古い感じがする。やっぱりゆくゆくは皆の装備をもう少し変えていかないと、強い魔物に対峙するには心許ないかもしれないな。


薬草の群生地は、オルドーアから海沿いに二日の距離だ。岩場に生えているらしく、足場が悪いのも難易度を上げている。

「あの辺か？」

高台に登ってグランが場所を確認すると、視力が高いボーザックが、右手で庇を作ってその隣から見下ろした。

「ああ、いるね。日なたぼっこするトカゲみたいな奴」

「何体見える？」

「……こっからは三体。その向こうに洞窟みたいなのがあるから、そこにもいるのかも」

「洞窟の前はそれなりに広そうか？」

グランもそう言いながら、ボーザックの隣で見下ろしている。

「そだね、あ、薬草発見。やっぱり洞窟の前にいくつかあるね……」

「とりあえず、一体やってみるか。ボーザック、はぐれてる奴を探してくれ」

「了解」

……ボーザックとグランで偵察する間、俺とファルーア、ディティアは魔物についておさらいをしておくことにする。

トカゲみたいな魔物の名前はガイアシャーク。硬い皮膚に、牙がずらりと並び、大きく開く口を持つ。動きは遅いが飛びかかって噛みついてくるので、注意が必要だ。

「前衛は肉体強化で筋力を上げるつもり。ディティアには陽動してもらいたいから、いつも通り速度アップかけるな。ファルーアは、魔法の威力と持久力、どっちがいいかな？」

「そうね、まずは持久力をもらえる？　魔物がそんなに強くなかったら威力に変えてもらうわ」

「わかった」

ファルーアにかけるのは持久力アップ。これは消費するスタミナや魔力を抑えてくれるバフだ。

俺はそれぞれにかけるバフを、しっかりと覚えた。

「そら、こいやぁ！」

グランが大盾でガイアシャークをぶん殴る。

ボーザックと同じくらいある魔物は、『キャシャアァ！』と威嚇音を発してグランに向かい合った。

「ほらほら、どうした！」

グランは心持ち楽しそうだ。

俺は周りを警戒しながら、これなら楽に勝てそうだと考えていた。

ガイアシャークが、グランに向かって口を開きながら飛びかかる。

「待ってましたぁ！」

そこをボーザックが大剣で斬り伏せた。

——そのときだった。


『キィィィィ！』


ものすごい高音だったと思うけど、耳がキーンとしてすぐにわからなくなる。

斬り伏せたガイアシャークが、突然けたたましく鳴き出したのだ！

「っ、やばい！　仲間を呼んでるんじゃないか？　グラン、早くとどめを！」

俺はあたりを見回し、ファルーアの近くに寄った。

「おおおっ！」

グランは大盾の裏に隠してある太い短剣を抜いて、ガイアシャークの頭を気合いとともに短剣で貫く。……同時に、断末魔のようにも聞こえる鳴き声がやんだ。

少し離れて様子を見ていたディティアは、グランたちと俺たちの中間くらいに位置を取る。

……しばしの静寂。

俺たちはじりじりとディティアに近付いて、パーティーで背中合わせになった。

──足場が悪い。俺たちのいる岩場は周りより一段低くなった場所で、岩壁に囲まれている状態だ。

「……仲間を呼ぶなんて情報あったか？」

グランの額に汗が浮かんでいる。

「いや、そんな情報はなかった」

俺は言いながら、落ち着いている自分に少し驚いた。嫌な空気では、ある。だけど……絶望感はまったくない。

「……囲まれています」

ディティアが呟くと、周りを囲む岩壁の上から、少なくとも五体の巨躯がヌッと顔を出した。

さっきの個体よりいくぶん大きい。

「ああ……しまったな、さっきの奴は子供だったのか」

吐き捨てるグラン。

つまり、さっきの声は、子が親を呼ぶものだったんだろう。

『キシャァァーーッ!!』

あちこちから威嚇音が轟く。

「正直に言ってもいいかな」

……そのとき、小柄な大剣使いがにやりと唇の端っこを吊り上げた。

「おう、言え、ボーザック」

「やばそうな感じはしてるんだけど、負ける気がしない」

返ってきた答えに、俺は思わず笑う。

「ははっ、だそうだけど、〈疾風〉としてはどう？」

「ふふ、勿論。こんな強いパーティーで負けるわけないよ」

「それじゃあ、最高のバッファーの力を見せなきゃな」

俺はグランに頷いてみせる。グランは肩越しに頷くと、指示を出した。

「よし、まずは離れてるあいつを一気に叩き潰す。そのあとは〈疾風〉、撹乱を頼む。ボーザック、ファルーア、ターゲットの指示を出すから順に倒すぞ。……ハルト」

「おう」

「三重を試したい。どうだ？」

「……ま、この先は最低でもそれくらいは必要になるよな。やってみようか」

「え、じゃあ俺もー」

「ハルト君、私もやってほしいな！」

「私はとりあえず二重でいいわ」

俺は「はいはい」と頷くと、皆にバフをかけ始めた。


「うおぉ！」

ガイィンッ
派手な音を立てて、ガイアシャークが吹っ飛んだ。

「おおー、すげぇなこりゃ。だいぶ力が出るぞ」

「おりゃあぁーっ！　……ひゃっほう！　俺強い！」

そりゃ、肉体強化を三重にしたんだから、そうでないと困る。

グランとボーザックは余裕でさらに一体ずつを屠り、〈疾風のディティア〉が残りの二匹を引きつけていた。

「ティア、行くわよ！」

ファルーアの魔法が飛んだ先で、ディティアが一体を踏み台にして飛び上がる。速度アップのバフを二重にし、肉体強化のバフをさらに重ねている彼女の動きは、いつにも増してしなやかだ。

魔法は、ディティアを追うように口を開けたガイアシャークの中で、狙ったように炸裂した。

口から煙を吹き出して崩れ落ちるそいつを確認して、俺は瞬時にディティアにかけた速度アップバフのひとつを上書きする。

「肉体強化！」

くるくるっと回った彼女の双剣が、鮮やかな軌跡を描き、踏み台にしたガイアシャークを切り裂く。ディティアは飛び離れながら、小柄な大剣使いを呼んだ。

「ボーザック！」

「任せてティア、とどめだ！　ハルト頼んだ！」

「おう！　速度アップ！」

ボーザックは、肉体強化から速度アップに上書きしたバフで瞬時にガイアシャークに迫り、ディティアの横をすり抜けるようにして大剣を振りかぶる。

「たあぁぁーーっ！」

「肉体強化！」

再度、速度アップから上書きしたバフで、ガイアシャークは両断された。

……襲ってきた魔物は、これで全部だ。

「ふうぅー」

魔物が動かないのを確認して、グランが息を吐き出す。

「バフが切れる前に安全な場所まで移動しよう、どれくらい体に負担があるかわからないし」

俺が提案すると、腕を回しながらボーザックが答えた。

「んー、想像してたより大丈夫そうだよ、ハルト」

「そうだね。いまのところ、いつものバフと似たような感覚かも」

ディティアも同意するので、俺は首を傾げる。

「そんなもんなのか？　……あぁ、そっか。鍛えてれば多少は耐えられるのかな」

「……まあ、とりあえずここを離れることには賛成ね。私たち、まだ薬草を一個も取ってないのよ？」

ファルーアが呆れた声を上げる。

俺たちは『おお』と、返事を重ねた。

そうだった。討伐依頼じゃなく、採取依頼だったな。


ガイアシャークの住処と思われる、洞窟みたいなものが見える高台に戻った俺たち。

バフはすでに切れていたけど、グラン、ボーザック、ディティアは大丈夫そうだ。

「体に問題は？」

「うーん、普段よりは多少疲れてるかな？　ってくらいかな」

聞いてみると、ディティアが腕を擦る。

「……ハルト君が言ってたより、ずっと平気みたい」

「そっか。やっぱり鍛えてると違うのかもな。俺が試したのは養成学校入学前だったたし。うーん、ちょっとずつ試したほうがよさそうだ」

「そしたら私、実験台になるね」

「実験台って……なんか怪しいわよ？」

「うわっ、ファルーア！　脅かすなよ」

そこに、ファルーアがお茶の入ったカップを持ってきてくれる。

まだ日が高いため、昼食を取ることにしたのだ。

グランとボーザックは、平らな岩場に座って、戦闘についてをあれこれ話し合っていた。そこにディティアが交ざっていったのを眺める。

「なあ、ファルーア」

「あら、どうかした？」

「ファルーアも有名になりたいのか？」

「ふふ、突然どうしたのかと思ったら」

ファルーアはほどよく滑らかになった岩場に座ると、ディティアを眩しそうに見た。

「有名になりたいのとは少し違うのかもしれないわね。単に、ティアといるなら有名にならなくちゃと思ったのよ。ハルトもでしょう？」

俺が黙ってその場に座ると、ファルーアは微笑んで言葉を続けた。

「パーティーメンバーを亡くしたことは私たちにはないけれど、あの子は有名なばっかりに、それも背負ってる。だからあの子には、同じくらいの立場で一緒に考えて行動できる仲間が必要だって思っただけよ」

「そっかあ……」

「まあ、冒険者たるもの、自分の名前くらいはどこかに残したいって願望はあるわよ？」

「おお、なんかファルーアっぽいな」

納得すると、彼女は金髪をさらりと払って立ち上がり、俺に細い腕を伸ばした。

「〈疾風のディティア〉のお陰で、どうしたって私たちにも注目が集まっているし。せっかくだから、乗っかりましょう」

「……そうだよな！」

拳をコツンと合わせ、俺たちは一緒に昼食を取るべく、三人のところへ向かった。


「いないな」

「いないね」

グランの言葉に、ボーザックが同意する。

洞窟の前まで下りてきたが、ガイアシャークの気配はなかった。さっき倒したので全部なのか、もしくは洞窟の中にいるのかもしれない。

採取依頼のある薬草は、あたりにまとまって生えていた。洞窟の前は見晴らしのいい開けた岩場なので、警戒は楽にできる。これなら、たくさん取れるはずだ。

洞窟自体は下に向かって口を開けていて、覗いてみたが真っ暗だった。

「まあ、目的は薬草だものね」

ファルーアがさくさくと薬草を摘み取っていく。

十本以上は生えていたので、この依頼は大成功だ。


そんなことを考えて、この洞窟をどうするかとボーザックと話していたとき、それは始まった。


「……？　おい、なにか……」

グランが言葉を発したのとほぼ同時。

ごご……っと地面が唸った。

「なっ、んだ、これ？　地震っ？　……反応速度アップ、反応速度アップ、反応速度アップ、反応速度アップ」

咄嗟に、皆に反応速度アップのバフを飛ばす。

岩場からカラカラと小石が転げ落ちているのが、だんだんと大きな石になる。いまや地鳴りも響き渡り、俺たちは揺れに耐えながら行く末に備えるしかなかった。

「っ、やっば！」

ガラガラガラッ！

洞窟の入口の足元部分が崩れて、穴が広がっていく。近くにいた俺とボーザックは離れようと地面を蹴った。

……が。

「しまっ……うわあっ！」

一瞬、遅かった。……自分には、反応速度アップをかけていなかったのだ。

ボーザックが無事に着地したのが見える。

「ハルト君！」

ディティアの声が聞こえるのと同時に足元が崩れて、俺は洞窟を転がり落ちた。

——できたことといえば、肉体硬化のバフを重ねがけしたくらいだった。

カラカラカラ……。

なにかが転がる音。湿っぽい空気と、鼻を掠める潮の臭い。

「……つ、う」

――意識が浮上する。

体のあちこちが痛い。……ゆっくり目を開ければ、闇にうっすらと地形が浮かび上がる。

「……」

とりあえず、生きていた。安堵なのかなんなのか、ふうー、と息を吐き出す。

「起きた？　ハルト君……」

「ん、あ？　ディティア……？」

いきなり頭の上側から声がして、俺は驚いて起き上がろうとした。すると、むずっと両頬を挟まれて、もとの位置に戻される。

……お、おお？　温かい感触が後頭部に。

「……膝枕なんてファルーアはしてくれたことないな、ちょっと感動してる」

「あんた消し炭になりたいの？」

「あっ、ファルーアさん。いたんですねごめんなさい」

思わず放った俺の言葉がブーメランになった。

右のほうに視線を走らせると、ファルーアが穴の先を窺っているのが見える。

俺は声を殺して笑っているディティアを見上げた。

「……えっと……ごめん、状況が知りたいなー」

簡単に説明すると。

俺が落ちて揺れが収まると、皆はあとを追ってきてくれたらしい。

つまりここは洞窟の中で、グランとボーザックはファルーアが窺う穴の向こうで偵察中とのこと。

「ごめんな、俺のせいで」

もう大丈夫と伝えて体を起こす。腕を回したり、足を動かしたり。

「擦り傷と打ち身くらいかな……動けそうだ」

「あれだけ落ちたのに、それだけで済んだなら奇跡ね」

「うん……ハルト君、ほんとに大丈夫？　頭とか打ってない？」

「硬化のバフを重ねたからなんとか」

答えると、ディティアが驚いた。

「あの瞬間にバフできたの？」

「あぁ。でもそれくらいしかできなかったから……もう少し受け身とか取れてたら違ったかなぁ」

「十分な気もするよ……」

「ところで、ここが落下地点？」

見たところ天井は塞がっている。

「あ、ううん……ハルト君はもっと広いところに落ちたんだけど……」

「おお、起きたか」

そこにグランたちが戻ってくる。

「ごめん、落ちた」

手を上げて答えると、ボーザックが駆け寄ってきて、がしっと俺の肩を掴む。

「ホントだよ！　よかった。俺、心臓止まりそうだったんだよハルト……！」

足元が崩れて逃げたとき、無事に着地したボーザックが俺を振り返って……驚いた顔をしたのを最後に、意識が途切れている。

そりゃあ心配するよな……。

「悪かった、大丈夫だよ」

ほっとしたのか、ボーザックは頷いて手を放した。

「落ち着いた？　ボーザック。……それでグラン、どうだったのかしら？」

「あぁ……ありゃあ相当な大物だぞ……」

大物？

「うん、どう見ても大規模討伐依頼の対象でしょ」

大規模討伐……？

話が見えない俺は、「？」を浮かべていたと思う。

「あー、実はね、ハルト君。ハルト君が落ちた広場に、どうも龍みたいなのがいてね……」

ディティアが告げる。

「っ、りゅっ……むぐむぐ」

「ハルト、しーっ！」

ボーザックが叫びかけた俺の口を塞ぐ。グランがそれを見て、説明を始めた。

「壁伝いに海側に出られる道があった。龍の出入口はそっちだな。俺たちは龍にとっての通気孔みたいな場所から入ってきたらしい」

「え、それで？　どうするの？」

「お前が動けるならここから脱出する。オルドーアに戻ってギルドに報告するぞ」

「それがいいわね。私たちだけでの討伐はどう考えても無理だし、それに、発見ボーナスがあるはずよ」

ファルーアの返答に、俺はごくりと喉を鳴らした。

――発見ボーナス。

大規模討伐の対象や、調査対象になる遺跡などを最初に発見、報告した場合、討伐後や調査後に追加で報酬がもらえる仕組みのことだ。その規模や難易度によって報酬が多くなり、名声に繋がることもあるそのボーナスは、なかなか手に入れることはできない。

俺たちは顔を見合わせて、頷いた。


龍が奥のほうで休んでいる。

正確な大きさは丸まっているのでわからないけど、おそらくは大型帆船くらいあるだろう。翼を広げたらそれ以上だ。暗くて色もよくわからなくて、いまはそれ以上の情報は得られそうにない。

こんな奴の討伐がどんなものになるかは、まったく想像がつかなかった。

背中側にいる俺たちは、息を殺し、ゆっくり、慎重に、壁伝いに広間を抜ける。

その先で、上から光がこぼれていた。

運よく段になっていた岩場を登り切ると、開けた場所に出る。……俺が落ちた場所だ。

『………』

外に出てからもしばらくの間、全員無言。緊張のためか、息すら詰めていた。

「……なあ、でかかったな」

グランが最初にぽつんと言うと、その緊張がぷつりと切れる。

「……うわあ、俺たち、なんかすごいの見つけたな」

息と一緒に思いを吐き出して、各々が岩場にへたり込んだ。

「はあー。ハルト君、ほんとに無事でよかった……」

「まあ、落ちてくれなかったら、あれは見つけられなかったわね」

「確かに……ハルトを見捨てるとか絶対なかったしね」

「ははっ、ボーザック、嬉しいこと言うなあ」

軽口を叩き合い、ほっとしたところで、最初にディティアが立ち上がった。

「とりあえず、薬草を持ってオルドーアに帰ろう。いつ龍が動くかもわからないし、急いだほうがいいよ」


ギルドの動きは速かった。

すぐに偵察が出され、同時に俺たちパーティーの発見ボーナス権利が確定される。ただし、それが大規模討伐対象になった場合に認められる権利だけどな。

その近辺の依頼がすべて中断されたのもあって、冒険者たちも騒然となった。

俺たちは偵察の結果を待つ数日間、すっかり忘れていたパーティー名に頭を悩ますこととなる。

「どうするか。大規模討伐依頼の発行があるとして、発見したパーティー名が同時に公表されるのは想定外だぞ……」

ここは宿に併設されたバー。

まだ早い時間だけど、冒険者らしい人たちで、かなりの賑わいを見せている。

グランがお酒を片手に唸っているものの、すっかりでき上がったボーザックはすでに夢の中。調子よく飲み始めるのにすぐにこれだ。

「うーん、格好いいのがいいなあ、俺」

「厳つすぎるのは嫌よ」

「覚えやすいのは大事じゃないかな？」

各々勝手を言いながら、あーでもないこーでもないと話していたので、俺はディティアに聞いてみた。

「パーティー名って、例えばどんなのがあるんだ？」

「私が覚えてるのは……〔漆黒の剣〕〔ライトニング〕……〔聖なる翼〕とかいうのもあったなあ……有名なのは〈閃光〉の二つ名がいる〔グロリアス〕……とか？」

「確かに〔グロリアス〕は聞いたことあるな」

頷いていると、投げやりになったのかファルーアがグランに聞いた。

「グラン、好きな食べ物は？」

「肉」

「話にならないわね。好きなお酒は？」

「ビール」

「……。好きな花は？」

「あ？　……白薔薇」

「ぶっ……！」

「うおっ、馬鹿野郎、ファルーア！　汚ねぇだろ！」

「あはっ、ははは、ごめんグラン、ちょっと想定外だったわ！」

可愛らしいピンク色のカクテルを吹き出して、彼女はからからと笑う。

あー、ファルーアも酔ってるなあ。

「へえ、グランさん、白薔薇が好きなんて素敵ですね」

にこにこしたディティアは、状況を無視して話を進め始める。

「そうしたら、その白い大盾って、もしかして白薔薇がモチーフなんですか？　……あ、花びらの形とか？　ふふっ、似てる気もします！」

これ、酔ってるのかなあ。

グランはファルーアが吹いたお酒を拭きながら、ちゃんとディティアの話も拾った。

「まあな……こいつは確かに白薔薇の花びらがモチーフだ」

「え、そうなのか？」

「そうだ。絶妙な曲線だろ？　……おい、ボーザック……お前、酒かぶってるぞ、起きろ」

なるほど、言われて見たら確かに花びら……なのかなあ。

「あー、じゃあパーティー名、〔白薔薇〕にしませんか？」

なぜか手を叩きながらディティアが言う。ファルーアも笑い転げながら頷いた。

「あははっ、そうしましょ！　気に入ったわ！」

「おーい、ハルトー、こいつらなんとかしろー」

俺は困り果てるグランに苦笑してみせた。

「大規模討伐依頼、決定です」

翌日、ギルドに呼び出された俺たちは、そう告げられた。

書類にパーティー名を〔白薔薇〕と書き込む。ボーザックだけは初耳だったけど、理由を聞いてぷるぷるしていた。

「笑いたきゃ、笑えよ……」

グランは投げやりだ。

ギルド員は手続きを終わらせると、大規模討伐依頼の依頼用紙を持ってきた。

「……私たちギルドとしては、是非〈疾風のディティア〉さんに協力してもらいたいです」

開口一番、ずばり言われた言葉に、ディティアの表情が強張る。

俺たちも、想定はしていたことだった。けど、知らされた情報に、俺たち自身も固まってしまう。

「今回の対象は『飛龍タイラント』です。彼《か》の龍は数十年に一度、大きな町を襲っている記録があります。おそらくはその周期で狩りをしているものと。定期的に移動する性質を持ち、住処が特定されたのは初めてです。あの洞窟は最近現れました。いただいた情報から察するに、地震が原因で地表に穴ができたのでしょう。もともとガイアシャークの群棲地だったため、立ち入る人はあまりいなかったので、今回の発見はかなり有益なものです」

内容を聞いて、ざわりと鳥肌が立つ。

冒険者なら、養成学校で必ず学んでいるはずだ。

『飛龍タイラント』

教科書に出てくる龍は何体かいる。それだけ危険な魔物だからだ。そのなかでもタイラントは凶暴な龍として知られ、しかもまだ討伐できていないことから、名を上げたい冒険者たちがこぞって探すほどの魔物である。

一番最近で、確か俺が五歳くらいのときに狩りが行われた。

壊滅した町の名前は『バルア』だったと思う。ここからはだいぶ離れた山岳地帯の町だ。

冒険者は飛行する龍に対応する術がなく、町は数時間でやられてしまった。逃げおおせた人々もいたが、町の人口の半分にも満たなかったはずだ。

そこから、対飛行魔法なんかも数多く発達して、戦い方の発展に繋がった歴史がある。

まさか、その龍を自分たちが発見するとは思ってもみなかった。

「そんな大物……だったのか」

グランが、さすがに驚いた様子で髭を擦った。

「発見ボーナスも相当なものでしょうね」

ファルーアが言うと、ギルド員は頷いて答えてくれる。

「はい。討伐に参加、かつ成功すれば、おそらくは名誉勲章が出ます」

「め、名誉勲章？」

ボーザックがひっくり返りそうになる。

名誉勲章はギルドが発行する認証カードの上位版だ。名のある冒険者もそうそう持っていない、まさに夢のカードである。これがあると、なんと国家間の移動で手続きが簡単になり、かつ国からの依頼を任されることもあるんだとか。

ギルド員はその反応に満足したのか、俺たちを見回して、ゆっくりと告げた。

「皆さんで、有名になりませんか？」

『有名になりませんか』……その言葉のなんと甘美なことか。

予想外の台詞だったのもあって、俺たちパーティーの動きは完全に止まっていた。その沈黙の間に、ギルド員が居心地悪そうにもじもじする。

「あ、あのー？　……あれですか。皆さんは名声とかはあんまりいらない派ですか……もしかして〈疾風のディティア〉さんも実は有名なのが嫌いですか？」

「……っは、いや、とんでもない。ちょうど名前を売りたかったところではあるからな」

我に返ったグランが、拳を突き出す。

安心した様子のギルド員だったけど、グランはその厳つい顔をずいっと近付けた。

「しかし、ひとつ訂正してくれるか」

「うわっ、え、な、なんですか⁉」

「協力してもらいたいのが〈疾風のディティア〉だけってのは、いかがなもんだ？」

可哀想に、ギルド員は目を白黒させていたが、すぐに事情を察したようだ。なかなかどうして、優秀なギルド員である。俺ならグランの厳つさに耐えられない。

「失礼しましたっ。私たちギルドとして、〔白薔薇〕に協力してもらいたいのですが、いかがでしょうか？　討伐の暁には、名誉勲章が発行されるでしょう」

グランはにやりと笑って胸を張った。

「おう。俺たち〔白薔薇〕、この依頼を請けるぞ」


とはいえ大規模討伐依頼なので、複数のパーティーが集まるまでは細かい調整もできない。ギルドは三日で十五組集めると言い切り、早速用紙を貼り出して呼びかけを始めた。

とりあえず時間が空いたので、俺は皆に提案する。

「武器の調整と、防具の新調をしたほうがいいと思うんだけど、どう？」

「あ、賛成。鎧の強度が心許ないんだよー」

ボーザックは鈍色の鎧をコツンと叩いてみせた。度重なる戦いで、鎧は傷だらけ。あちこちガタが来ているとのこと。

「まあ、金はそれなりにあるしな。討伐できればそれ以上に報酬もありそうだ」

「じゃあ決まり。終わったら宿に集合でいい？」

「ああ。ほら、これで足りなかったら相談しろよ」

グランがそれぞれに資金を渡して、俺たちは解散した。

ちなみに、パーティーのお金は小遣い制で、普段からグランが管理している。ほどよく節約してくれるので、ありがたかった。


「ハルト君、ハルト君」

「ん、どうした？　ディティア」

「同じような装備だし、一緒に見てもいいかな？」

「おう、勿論。それじゃ、まず鍛冶屋に行こう」

「うん！　そしたら、行きたい鍛冶屋さんがあるんだけど、いいかな？」

「お勧めがあるのか？　それなら〈疾風のディティア〉にお任せしようかな」


俺は自分の双剣を撫でた。こいつは四年前に買って、磨いたり研いだりしながら使ってきたものだ。さすがに強度も怪しいし、鍛冶屋で整備してもらいたかった。


「そういえばディティア、その双剣っていつ買ったの？」

「ああ、これ？　これは二年前にね、もらったの」

「もらった？」

「うん。大規模討伐依頼を成功させたときに、パーティーメンバーが皆でプレゼントしてくれたんだ」


腰に装備した双剣に、彼女は愛おしそうに手を添えた。鞘にも綺麗な装飾があって、美しい剣だ。


「そうだったんだ。綺麗な剣だよな」

「……そうだね。手にもすごく馴染んでるの」

「大切にされてたんだな、ディティア」

「……うん、皆優しかった」

俺は無言で彼女の頭を撫でた。彼女はいつものように恥ずかしそうだったけど、なにかを堪えるように、されるがままだった。


「おや、〈疾風の〉」

鍛冶屋に行くと、どっかの騎士みたいな優男に出くわした。

上下ともほとんど白い服で統一され、艶消しの金色の鎧を纏い、マントに至っては濃い蒼だ。腰には細身の長剣が差してある。襟足が少し長い髪は銀色、切れ長の眼は蒼。

おお……すごい貴族感出てる……。

きらきらした背景が似合う優男は、その場で深々と頭を下げた。

「こんなところでお会いするとは、なにやら運命だね」

「いや、そんな大それたものではないと思います」

ディティアが苦虫を噛み潰したような顔をするので、俺は小さくふぅん、と唸った。彼女はどうも、この優男が苦手らしい。

鍛冶屋はお世辞にも広いとは言えず、壁伝いにあらゆる武器がずらりと並べられていて、十人も入ればいっぱいになりそうだった。工房はカウンターの奥にあって、ガラスで仕切られているので煌々と火を燃やす鍛冶場を見渡すことができる。

「相変わらずだね〈疾風の〉。君も武器の調整かい？」

さらりと髪を梳く優男。おお……そういう動作ですら、外見にぴったりだ。

「ええ。シュヴァリエ」

うん……名前まで貴族っぽかった。どっかで聞いたことある気がするし、本当に貴族なのかも。

「ははっ。〈閃光の〉、と付けてくれてもいいよ〈疾風の〉」

ぶはっ。

ぼんやり考えていた俺は、思わず吹き出した。

いま、こいつ、なんて言った……？　〈閃光の〉？　……〈閃光のシュヴァリエ〉？

「ところで、君のお連れは？　名前はなんていうんだい？」

そして、なるべくして矛先が俺に向いた。

こいつ〈疾風の〉、とか呼んでるところから見ても、二つ名大好きな奴なんだろうな……。

ディティアがなにかを言おうとするのを制して、俺は前に出る。

「あんたに名乗るほどの名前は持ってなくてさ。もう少し有名になったら名乗らせてもらうよ」

にやりと笑ってみせると、シュヴァリエの片方の眉がくいっと上がった。

「そうか。それでは、そのときまで名前を聞くのを待っておくよ」

嫌みなほど爽やかに言い放って、〈閃光のシュヴァリエ〉は颯爽と鍛冶屋をあとにする。

「そうそう。大規模討伐依頼、僕たち〔グロリアス〕も請けるのでね。よろしく頼むよ、〈疾風の〉」

……そう言い残して。


「ごめんね、ハルト君……まさかあんなのに出くわすなんて」

「ははっ、珍しく辛辣なんだな？　……あれが〈閃光のシュヴァリエ〉？」

「うん……二つ名持ちばっかりを集めたパーティー〔グロリアス〕のリーダーなんだけど……どうしても好きになれなくて」

ディティアはぐったりした様子で、近くに陳列されている双剣を手に取った。

「前のときも、本人はよかれと思って言ってる感じがしたけどな」

「まあ、私のパーティーメンバーを馬鹿にするようなことばかり言うから……」

「うぅ、そうなんだよね。悪い人ではないんだけどね」

「ふうん……まあ、見返す機会はあるよな」

「え？」

「今回の大規模討伐依頼のこと、口にしてただろ？　俺たちが発見したって知ってるってことだ」

「あ……うん、そっか！　……名誉勲章！」

「そういうこと。見返してやろうじゃないか」

俺がそう言ってウインクを投げると、ディティアはぱあっと頬を紅潮させた。

「う、うん！　……よし、そうと決まったら、ハルト君。まずはその武器、強度もあって手に馴染むやつに変えるよ！」

「え、これ？」

「ずーっと気になってたんだよ！　それ、ハルト君の手に合う双剣じゃないんだもん。もっとね、こういう曲線のほうが合ってる。そもそも双剣は……！」

俺は言葉を挟む間もなく、ディティアの双剣語りに付き合わされることになった。双剣にこれほどこだわりがあるとは……驚いたなぁ……。

「いい剣があってよかった、あの鍛冶屋さんね、すごく評判なの！」

ほくほく顔でディティアが俺の剣を見ている。

ディティアの選んでくれた一点物の双剣は、確かに握るとしっくりきた。柄の部分の曲線と、刀身の長さがうんぬんと説明があったが、あまり覚えてない。気に入ったのは、刀身に模様が刻まれているところと、鞘にも同じ模様が型押しされているところだった。職人曰く、龍を模したものらしい。

しかしながら、相当な金額を叩《はた》いたので防具購入に不安があって、俺は渋い思いをしていた。

俺はバッファーだから、攻撃力よりも防御力のような気がするんだけどなあ。

「次は防具だね。ハルト君、防具の費用は私が出すからね」

見透かされたのか、彼女がこっちを覗き込む。

「あー、いや、いいよ」

「私の装備は、まだガタも来てないから。それに、グランさんには許可をもらってるよ」

「え？」

「ハルト君の装備を固めるために使っていいって」

……グ、グランの奴！

ディティアは最初からそのつもりでついてきたらしい。

「そ、それなら最初から言えよな……」

なんだか恥ずかしくなって歩く速度を上げると、小さく笑うディティアの声が、耳をくすぐる。

……結局、防具に関しては、修理だけにした。


「〈閃光のシュヴァリエ〉に会った？　おおー、どうだった？」

宿にはボーザックが帰っていた。グランとファルーアはまだみたいだ。

ディティアはお茶を買いにいくと出ていったので、その間に俺はありのままを説明し、ボーザックを笑わせた。

「ははは っ、〈閃光のシュヴァリエ〉って本当に強いみたいだけど、それだけ聞くと変人なんだねぇ。でも討伐依頼に参加してくれるなら、飛龍タイラントも楽勝な気がしてきた」

「そうだな。〔グロリアス〕は全員二つ名持ちのパーティーらしいし」

「でも、バッファーはいなかった気がするよ。ハルトがバフをかけることになるんじゃない？」

「え、そうなのか？　……あいつにバフかあ」

わいわいと盛り上がっていると、グランとファルーアが帰ってきた。

「あ、おかえりー。って、どうしたのふたりとも、変な顔して」

「あ？　あぁ、いや、下でな……」

「ええ。なんだかディティアがきらきらした人と話していたから、どうしたものかと……ね」

「⁉」

がたんと立ち上がった俺に、ふたりの表情はにやにやとした笑みに変わった。

「あら。どうしたのハルト？」

「お前ら、性格悪いなあ！」

あははと笑い転げるボーザックの声を背に、俺は階下に向かって全力疾走した。

「ディティア！」

「あっ、ハルト君」

「やあ、名なし殿」

案の定、ディティアの傍にいたのは〈閃光のシュヴァリエ〉だった。

「これはこれはシュヴァリエ殿。どうかしました？」

「ははは、〈閃光の〉、と付けてくれてもいいよ」

なんだこいつ……。

俺は脱力しつつ、お茶を持ったままの彼女の隣に立った。

「いま、〈疾風の〉を我がパーティーに誘っていたんだ」

「はあ⁉」

ちょ、ちょっと待て。パーティーメンバーの前で、それ、どうなんだよ？

思わずディティアを見ると、ものすごく困った顔をしていた。

「彼女に相応しいのは我がパーティーではないかと思うのでね。どうだろう？　名なし殿からもお願いしてもらえないだろうか？」

「だからシュヴァリエ。前のときもそうだったけど、私は私がいたい場所にいるの。仲間を馬鹿にするのはやめて」

「馬鹿になんてとんでもない。同じ二つ名の境遇を分かち合える仲間が、君には必要だろう？　まさか……一カ月半前の討伐を忘れたのかい？」

「……っ」

ディティアの口が、ぐっと引き結ばれる。

こいつ、ディティアの仲間が亡くなった大規模討伐依頼のことをこんな風に……。

ふつふつと怒りが沸いてきた。

「わ、私は……！」

「〔グロリアス〕のメンバーはあの討伐で誰も死ななかった」

「……！」

シュヴァリエの一言に、ディティアの肩が震える。

……ここで見ているだけなんて、男が廃るってもんだよな？

俺はディティアの前に歩み出た。

「おい、シュヴァリエ」

「なんだい、名なし殿」

「残念だよ。崇高な〈閃光のシュヴァリエ〉がこんなくそみたいな奴だったとは。俺はハルト。彼女の仲間だ。悪いけど、彼女に話しかけないでもらえるか？」

「これはこれは……手厳しいな。飛龍タイラントの前に君の逆鱗に触れたようだね。それじゃあ期待しているよ、君たちが我々〔グロリアス〕より素晴らしい勇姿を見せてくれると」

どうやら宿が一緒らしいシュヴァリエは、じゃあね〈疾風の〉、という言葉を残して階段を上がっていった。……気が付けば、結構な大声を出してしまったので、周りの視線が痛い。

「ハルト君……」

「行こう」

俺たちはその視線から逃げるように、部屋に戻った。

「それで〔グロリアス〕に喧嘩を売ったと」

グランに言われて、俺は反論した。

「違うって！　あいつが悪いんだからな」

「まあまあ、ハルト。グランも、いまのハルトをからかうのは、ちょっと可哀想よ」

俺が階下に行くようけしかけたことが後ろめたいのか、ファルーアが庇ってくる。それにもイライラして、俺はグランに詰め寄った。

「あんな言い方する奴に黙ってる必要があるのか？」

「落ち着けハルト」

「これが落ち着いてられるかよ。なんなんだよ、あいつ」

「だからこそ、落ち着け」

再度グランに低い声で言われて、俺は盛大な不満のため息をついて、とりあえず椅子に座った。

それを見届けてから、グランがふんと鼻を鳴らす。

「……〔グロリアス〕に喧嘩を売ったからには、勝つぞ」

「――は、え？」

グランは堂々と宣言すると、思わずぽかんと口を開けた俺に向けて、言葉を重ねた。

「だがな、これは大規模討伐依頼だ。ほかのパーティーとの連携が必要になるのはわかってるな、ハルト？」

「……わ、わかってるよ……！　……関係を悪くしたのは謝るよ……」

「それでいい。だから、こうしよう」

ちょいちょいと手招きされ、全員が頭を寄せる。俺もしぶしぶ近寄った。

すると、グランは意地の悪い笑みを浮かべて、言い切った。

「とどめを、俺たち〔白薔薇〕がもらう」


「ハルト君」

「おーディティア。眠れないの？」

その夜、バルコニーに出ていた俺の後ろから、ディティアがやってきた。

町の灯りの向こうに真っ暗な海が広がっていて、うっすらと雲がかかった夜。

彼女はううんと首を振って、隣に立つ。

「お礼を言いにきました」

「お礼？」

「うん。シュヴァリエに喧嘩を売ってくれて、嬉しかったので」

「はは、グランにはちょっと怒られたけどな」

「あはは……でも、私は救われたよ。……ありがとう、ハルト君」

「あんまり真っ直ぐ言われると、さすがに照れるんだけどなあ」

　俺が少し笑うと、彼女は微笑んだ。

「ハルト君なら、シュヴァリエも絶対に欲しくなるよ」

「……ん、んん？　なんだよ、それ」

「ハルト君や〔白薔薇〕の皆はきっと有名になる。二つ名も格好いいの付けよう。だからきっと、シュヴァリエは欲しくなるよってこと」

「うわあ、嬉しくない褒め言葉って初めてだ」

　ディティアはそこで初めて声を上げて笑った。やっと、自然に笑えるようになってきた彼女を、あんな奴の傍に置くとか、考えられない。

「……やっぱり文句言わせないくらいには、ならないとダメなんだよな」

「え、なに？」

「いーや、なんでもない。よし、ディティア。飛龍タイラントにとどめを刺すのに、どんなバフが有効か、ちょっと相談に乗ってくれよ」

「おー、それなら俺たちも交ぜろ」

「って、グラン⁉　なんだよ、いたのかよ！」

「うん、俺とファルーアもちゃんといるよー」

「うわー、お前ら最低ー」

俺はディティアにちらりと視線だけ送ると、部屋に戻った。


ギルドはきっちり三日で人数を揃えた。総勢十五組、八十人が参加し、討伐は二チームに分かれて当たることになる。海側の道を塞ぐための、メイジを中心とする魔法部隊と、主に龍と戦う主力部隊だ。

今回の討伐は、飛龍の武器である飛行を防ぐことを考えて、洞窟内で行われる。

――しかし、懸念はあった。

地震によって地盤が不安定で、その中で戦うと洞窟の崩壊が起こるのではないかという点。そして、逃げ場のない広場で龍のブレスを受けた場合に、死傷者が出ると想定される点だ。

「ブレスに関しては自分も巻き込まれる可能性があるため、タイラントも使いにくいと思われます。崩落に関しては、先の地震で地盤の弱いところはだいたい崩れていると祈ってください」

これがギルドの見解だ。説明のなかで、かなりの被害を出した先の大規模討伐依頼の件にも触れられた。

「まずは自身の身の安全を最優先してください。まずいと思ったら、即逃げて構いません」

どうしようもないことだって、ある。俺たちは改めて、大規模討伐依頼の高いリスクについての説明を受けた。

でも、誰も死なない、完璧な討伐にしたい。

ディティアのためにも、俺は密かにそう決意するのだった。

そして、そいつは俺たちの前に現れる。

「やあ、〈逆鱗のハルト〉君」

「……は、はあ？」

俺と〔白薔薇〕のメンバーは立ち止まって、ぽかんとそいつを見た。……きっと、相当な間抜け顔をしていたはずだ。

「先日は失礼したね。あそこまで敵意に満ちた言葉は久しぶりだった。敬意を表するよ」

な、なんだ、こいつ……。

颯爽と現れたのは勿論、〈閃光のシュヴァリエ〉だ。後ろには三人の冒険者が控えていた。

「〈逆鱗のハルト〉君、それと〔白薔薇〕の皆に、僕のパーティーメンバーを紹介しようと思ってね」

「いや、ちょっと、ちょっと待て。まずその、〈逆鱗〉ってのはなんだよ」

「ああ！　君の二つ名の代わりにと思ってね！　気に入ってくれるかな？」

「いやいやいや、なんの嫌みだよ⁉」

なぜか楽しそうなシュヴァリエは、ぽんと手を打った。

「二つ名は、二つ名を持つ者が認めた相手に付けることができる。それは知っているかい？」

「え、そうなの……？」

「そうなのだよ！　つまり、僕は君に二つ名を付けてもいいかなと思っている。それは今回の討伐で見極めるけどね。ただ、僕にあれほどの言葉を投げてきたあたり、君のことは素晴らしいと思っているんだ。だから、それを見極めるまでは、君は〈逆鱗のハルト〉君ということにしようと思う」

俺はげんなりして、ディティアを振り返った。

（え、二つ名って、そういう制度だっけ……？）

（う、うん。ハルト君、知らなかったの……？）

うわあ、知らなかったわ。

「シュヴァリエ……」

「なんだい、〈逆鱗の〉。〈閃光の〉、と付けてくれてもいいよ」

「うわあ……やめてくれよ、俺の名付け親みたいなこと言うの……」

本音がだだ漏れる。すると、耐え切れなかったのか、シュヴァリエの後ろにいた男が笑い出した。

「ぶはっ、ははっ。わ、悪いなあ、坊主。こ、こいつ、本気でそういうことするから、ひ、ひはは。

ちょっと可哀想だけど、適当に流しといてくれよ」

グランにも負けず劣らずの厳つい男だった。残念ながら俺は、そいつの二つ名を知らないが。

黒髪黒眼はボーザックと同じ。というか、全体的に顔つきが似ている気がする。巨体のわりに、持っているのはとげとげしい杖なのが、違和感しかない。

黒ローブなところを見ると、もしかしてメイジなのか？

「いや、本当にやめてもらいたいんだけど……どうしたらいいんだ、これ」

俺が助けを求めて振り返ると、グランもボーザックも視線を逸らした。

「……ファルーア……」

「ごめんなさい、ハルト。ここまでぶっ飛んだ奴は初めて見たから、私には無理よ」

「……」

ディティアを見る。

「あっ、あーっ！〈祝福のアイザック〉さん、久しぶりですねえ！」

「おー、〈疾風の〉。元気にしてたか？……あのときはつらかっただろう。本当にすまなかった」

ええ……。

あからさまに逃げる彼女。そして〈祝福のアイザック〉と呼ばれた、厳ついとげとげ杖。

俺はどうしたらいいんだろうか。

呆然としていると、シュヴァリエがさっと手を挙げた。

「さあさあ！〔白薔薇〕の諸君。我が〔グロリアス〕のメンバー紹介といこう！」

大規模討伐依頼に参加する、しないにかかわらず、周りの冒険者たちが興味津々、かつ遠巻きに見ているのを感じた。……ある意味、相当な注目度だった。

〈グロリアス〉は〈閃光のシュヴァリエ〉を筆頭に、四人で構成されている。

前衛、長剣、〈閃光のシュヴァリエ〉。

説明は割愛。

前衛、長槍、〈迅雷のナーガ〉。

色白で、長めの黒髪を後ろで束ねた、ちょっと恐そうな紅い吊り目の女性。その女性らしいしなやかな体を包むのは、どこかの民族衣装だ。左肩から斜めに太い布がかけてあり、その端はベルトに結んである。——あとは、とにかく無口だった。

後衛、杖?、〈祝福のアイザック〉。

黒髪黒眼、厳つい巨躯。聞けばなんとヒーラーだというが、この見た目でそれは反則な気がする。

唯一、袖のないローブが黒かったのだけは評価したい。これで白だったらちょっと気持ち悪い。

ちなみに、何度見てもボーザックと似ている気がするのでふたりに聞いてみたら、遠い親戚だったことが判明して盛り上がった。

後衛、メイジ、〈爆炎のガルフ〉。

最年長に見える、お爺ちゃんメイジ。だぼついた黒いローブに、たっぷりの長い白髭。金色の玉が嵌まった杖を持っている。グランが髭について相談していた。

……と、まあこんな感じで、シュヴァリエと、誰とも喋らないナーガはともかく、思ったよりいい奴らだった。リーダーがぶっ飛んでいるので、よりそう感じるのかもしれない。

ディティアに聞くと、彼女がパーティーメンバーを亡くした討伐で、瀕死の仲間にアイザックが必死になって治癒を施してくれたそうだ。……重ねて言うが、シュヴァリエはともかくとして、確かにいいパーティーなのだろう。

——かといって、そこに彼女をいさせるつもりはないけど。

「〈逆鱗の〉。よかったらこの僕が、ほかの皆にも二つ名を付けてあげよう。この討伐で相応の活躍をしたらだけどね」

「謹んでお断りします」

ファルーアが即答する。俺はあえて無視をして、ギルド員に出発を促した。

お目当ての洞窟にたどり着いた二日後。中には、まだ飛龍タイラントがいることが確認された。念のため距離を取り、一晩キャンプをしてから討伐が開始される。

俺は〔白薔薇〕のメンバーと最終的な打ち合わせをしていた。

今回の討伐で、ファルーアを含むメイジたちは海側の通路を塞ぐメンバーになっているが、様子を見ながら魔法を撃っていいそうだ。

また、万が一ブレスが来た場合、ありったけの氷魔法で仲間を守るのも仕事である。

「様子見て威力アップに変えるから。それまでは持久力アップにするな」

「ええ。お願いするわ」

自分がバッファーであることは、すでに〔グロリアス〕には伝えた。彼らにはバッファーがいないので、当たり障りのない程度に俺が受け持つことになっている。〔グロリアス〕への重ねがけは様子を見てからにしようと、〔白薔薇〕内で決めてあった。

「さあて、どれだけいけるか……」

グランはやる気に満ちあふれている。俺はそんなグランに、ふと質問を投げる。

「ずっと気になってたんだけど、グランは有名になりたかったのか？」

「あ？　……そうさなあ、旅しながら当たり障りなくやってるのも好きだけどな。……この歳になって、ちょっと名を馳せてみたいと思い始めたのもある」

「ふうん、なんで？」

「なんだろうな。いろんな場所を見てきて、どこかに俺の生きた証みたいなのを残したいと思ったからか」

「わー、グラン格好いいこと言うね」

聞いていたボーザックが笑うと、グランが「お前はどうなんだ」とボーザックに投げた。

「俺？　俺は……注目されてみたかったからかな。ほら、俺は小さいし、あんまり目立てなくて。ティアの戦い方見てからずっと、あんなふうに強くなって有名になったら、俺でも注目浴びられるのかなあって思ってたんだよね」

「え、わ、私？」

「そうそう。やっぱ格好いいからさー、ティア」

「わ、私はそんな。……あっ、ファルーアは？　どうして？」

照れたのか、ファルーアに話を投げるディティアだったけど、ファルーアは俺を見てから、妖艶な笑みをこぼした。

「秘密よ。ハルトとふたりだけのね」

「うわー、俺に投げる？　それ？」

俺が呆れると、ボーザックがからからと笑う。

「ハルトの理由、すごくわかりやすいよね！」

……こうして、夜は更けていった。

俺たちが突入したとき、飛龍タイラントは気配を感じていたのか、体を起こしていた。長い首、ズラリと並ぶ牙。鼻の上には白い角が伸びている。

洞窟内を光の魔法で照らし、その全貌が明らかになると、さすがに体が冷たくなった。

――でかい。

紅い鱗が魔法を反射して鈍く光る。金の眼は獲物を狙う捕食者そのものだった。

「それじゃあ行くとしようか、〈逆鱗の〉。期待しているよ？」

「だから、それやめろって。いくぞ、肉体強化！」

俺は〔グロリアス〕のメンバーにもそれぞれバフをかけた。

先陣を切ったのは〈閃光のシュヴァリエ〉。少し遅れて続いたのは、グランとボーザックだった。


『ギシャアァァーーッ』


飛龍タイラントの咆吼。びりびりと鼓膜が震える。

斬りかかるシュヴァリエの横から前脚の爪が迫り、グランの大盾がそれを弾き返した。

「おおおっ」

グランはそのまま一歩踏み込むと、前脚を盾でぶん殴る。

「はっ！」

〈閃光のシュヴァリエ〉は、タイラントの顔あたりに長剣を叩きつけたが、表面が少し傷付いただけだった。

いったん下がってきたシュヴァリエは、わざわざこっちに声をかけてくる。

「ふむ、〈逆鱗の〉。さすがバフがあると力が出るね」

いちいち、いけ好かない奴だな……。

「さっさと行けよ、シュヴァリエ」

その間、二重バフのグランとボーザックが、ほかの前衛と一緒にタイラントに詰め寄る。その巨躯の後ろで長い尻尾が揺れた。

「尻尾だ！　来るぞ！」

俺は声をかけ、グランとボーザックに肉体硬化のバフを重ねる。すでに肉体強化を二重にしていたため、いまので三重だ。

近くにいた数人にも同じ硬化のバフをかけていくが、さすがに数が多すぎて間に合わない。

ズォオンッ

唸る空気。

グランが盾で、ボーザックが大剣で尻尾を受け止めるが、さすがに弾かれた。何人かの前衛が巻き込まれたが、戦えないほどの傷を負った者はいないようだ。

「次が来るぞ！」

首がしなる。ひとり、体を起こしかけた前衛が目を見開いた。

「はあぁーっ！」

そこに舞ったのは、〈疾風〉。

彼女はタイラントの首の動きに合わせて跳ね上がり、前衛が噛み砕かれる前にタイラントの鼻先を切り裂いた。そこにすかさず爆発が起こる。……ファルーアだ！


『ギシャアァァーー！』


タイラントが驚いたのか首をもたげ、嘶いた。その目はディティアを追っている。

「そこの前衛っ！　早く下がれ！」

俺は反応速度上昇のバフを投げて、怒鳴った。体を起こし切った前衛が、立て直しのために下がろうとする。

「うおぉっらあーー！」

撤退をカバーすべく、グランが盾でタイラントの前脚を再度殴って、引いた前脚の指先に、ボーザックが大剣を振り下ろした。

「なかなかどうして……やるじゃないか」

回復のために主力部隊に組み込まれている〈祝福のアイザック〉が、俺の後方で感心している。

「はいはい、そりゃどうも……っ、肉体硬化！　肉体強化！」

俺はグランとボーザックのバフを重ねたり上書きしたりして三重を保つ。

「へえ、〈逆鱗の〉。お前、すげーバフできるんだな。……それ、重ねてるだろ？」

さらに言葉を重ねてくるので、俺は双剣を構えたまま黙っていてくれと手を振った。


――十五分、いや、二十分は戦っただろうか。


飛龍タイラントの体には細い傷痕が幾重にも刻まれた。しかし、どれも大きなダメージではなさそうだ。いい加減うざったくなったのか、タイラントが翼を広げる。

「来るぞ！　外に出すな！　撃ち落とすのじゃあッ！」

メイジたちの指揮を執るのは白髭。〈爆炎のガルフ〉だ。

俺はファルーアに威力アップのバフを二重に、白髭と、その周りの何人かにも威力アップのバフをかけた。

飛び立つために、メイジたちに向けて助走を取るタイラント。その位置は中衛の俺から見て左側だ。

「いまじゃあ！　撃てぇーーーーぃッ！」

ガルフが爺さんとは思えぬ肺活量で叫び、その杖からまさに爆炎が放たれる。

「うわっ、熱ッ！」

灼熱。

俺は一瞬顔を覆った。熱風が洞窟内を凄まじい勢いで抜けていく。渦巻く炎と熱に、目を凝らす。

……タイラントはっ……！

燃え盛る炎が消えかかるその中、飛龍は、出鼻を挫かれてぶすぶすと煙を上げていた。こっちに体の左側面を晒して、地に這《は》い蹲《つくば》っている。

しかし、その翼が力強くバサァッと羽ばたかれ、残りの炎は一瞬で散ってしまった。


『グルルル……』


……タイラントは、怒っていた。眼を爛々と光らせて、尻尾を不機嫌そうに揺らす。漏れる唸り声に、俺は背筋が冷たくなった。

あれだけの魔法で、まだ大きなダメージにならないのか？

「行きます」

そのとき、はっきりした声を聞いた。

キィンッ
耳鳴りのような高い音とともに、飛龍タイラントの尻尾から背中、果ては頭まで駆けていく女性。結ばれた長い黒髪が背でなびく。

「ハ、ァッ！」

ザンッ……！

〈迅雷のナーガ〉。彼女の長槍は、タイラントの左眼を貫いた。


『ギャアアオオオウウッッ』


あまりの痛みだったのか、首を左右に激しく振るタイラント。メイジたちの何人かが巻き込まれ、初めてアイザックが動いた。

「威力アップ！」

俺は咄嗟に、アイザックにふたつ目のバフをかける。

「――任せとけ」

そう言ったアイザックと、すれ違いざまに拳を付き合わせた。なにかが、通じた気がした。


踏鞴《たたら》を踏んで後退するタイラント。待ち構えていた前衛たちが再度攻め始めて、俺は気が付いた。

おそらくは、メイジたちの一撃が当たった箇所。首の付け根あたりに、酷い裂傷が見える。

「あそこだ……！　グランッ、ボーザック！」

「おうっ、やってやる！」

「行くよーーッ！」

あそこを狙うには、一度タイラントを跪《ひざまず》かせなければならない。俺はグランの肉体強化を三重にした。

「ディティア！　タイラントの注意を引き付けて、グランに！」

ディティアには速度アップを三重にした。彼女は瞬時に理解して、タイラントの目の前に躍り出る。

「さあ！　勝負よ！」

タイラントはひとつ嘶くと、ディティアに向かって首を振り下ろした。

「うおおおおお！」

そこに、待ってましたとばかりに大盾が飛び出す。グランが狙ったのは、鼻の上の角だった。

「やられちまえぇーーッ！」


ガッ、キィーーーーンッ！

重い音だった。自分の振り下ろした首の勢いと、グランの肉体強化による強烈な一撃の勢いで、角は——。

――折れた。根元から。


ぐらりとタイラントの体勢が崩れる。前脚が折れ、裂傷が剣の届く位置に下がった。

「ボーザックーーー！」

グランの咆吼。肉体強化二重と速度アップのバフのボーザックが、大剣を構えて突っ込む。

「もらっ、たあぁぁーーッ！」

ドシュウッ！

貫いた箇所から、ごぼりと血があふれる。

「や、やった……！」

「だめ！　まだ！」

ボーザックに被せて、ディティアの声。

はっとした。崩れ落ちるのを踏み止まったタイラントの口から、オレンジ色の炎が吹き上がったのだ。

「ブレスだ！」

誰かが声を上げ、メイジたちの杖が光る。

「……やれやれ」

そのとき、どこにいたのかシュヴァリエが隣に立った。

「惜しかったね、〈逆鱗の〉。安心してくれ。最後は僕がいただこう」

──その瞬間、その言葉に。俺の中……主にこめかみのあたりで、ブチッと音がした。

「ふざけんなよ……？　〈逆鱗〉だかなんだか知らないけどな！　お前のその見下すような態度とディティアへの言葉がっ……俺の逆鱗とやらに触れたことだけは認めてやるよ！」


速度アップ、速度アップ、速度アップ、速度アップ、速度アップ。


ぶち切れた俺は全身全霊をかけてバフを重ねた。そして、すでに長剣を構えて走り出していたそいつを、瞬時に追い抜いてやる。

「グランッ！」

声を張り上げると、グランが大盾を構えた。


「こいつは！　俺たち〈白薔薇〉がっ……もらっ、たあぁぁーーーー！」


速さを緩めずに、構えられた大盾に突っ込む。グランは盾で俺を押し出し、跳ね上げる。

「肉体強化！　肉体強化！　肉体強化！」

双剣を振りかぶり、バフを上書きしていく。

「肉体強化、肉体強化ぁっ！」

到達点から、タイラントの口が開こうとしているのが見えた。

「うおおおーー！　させるかぁぁぁーーーーっ！」

ドゴオォーーンッッ！

振り下ろした双剣が、タイラントの開きかけた口を上から無理やり閉ざし、その勢いのまま地面に叩きつける。

——その瞬間、吐き出されようとしていたブレスがタイラントの口の中で炸裂し、俺は吹っ飛んだ。

「ハルト！」

「ハルト君！」

情けない。情けないけど、仕方ない。……意識も、飛んでしまった。

そういえば、ついこの前も意識飛ばしたんだっけ。……そんな風に思って、ふと目が覚めた。

——しかし。

「やあ、〈逆鱗の〉」

目に飛び込んできた爽やかな雰囲気に、もう一度目を閉じてやった。

「酷いな、せっかく様子を見にきたというのに」

「シュヴァリエ、お前に見てもらう義理はないから帰れ」

「ははっ。〈閃光の〉、と付けてくれてもいいよ、〈逆鱗の〉。残念ながら〈白薔薇〉の諸君に頼まれているのでね、帰ることはできないんだ」

「はあ?」

思わず起き上がろうとして、全身にびりびりっと電流が走ったかのような感覚に、突っ伏す。視界がちかちかしているなかで見回すと、どうやら、どこかのテントの簡易布団かなにかに寝かされているようだ。

「いてぇ……」

「ふむ、まさかバフを何重にもかけられるとは。知ったら〈重複の〉も驚くだろうね」

シュヴァリエは隣に腰かけると、なにが面白いのかふふっと笑った。

「……タイラントは」

俺は、非常にこのうえなく不愉快だったけど、周りにはほかに誰もいないのでシュヴァリエに聞くことにする。

「飛龍タイラント。あの魔物は、君の一撃で死んだよ。まさか追い越されるとはね、〈逆鱗の〉」

「……そうか」

とどめは刺せたらしい。とりあえずほっとして、俺は少しだけ力を抜いた。

「怪我人は?」

「大丈夫、致命的な怪我をした者はひとりもいない。〈祝福の〉が、それこそ丁寧に治療もしているよ。むしろ君が一番重症だ、〈逆鱗の〉」

「あのさあ、その〈逆鱗の〉ってやめろよ……」

「それはできない。なにせ僕は、君にこの二つ名をあげることを決めてしまったからね」

「はあ⁉」

また飛び起きようとした俺は、全身の激痛で呻いた。くそ、勢いでやったけど、五重はやりすぎたなあ。

「ハルト！　起きたの⁉」

俺の声が聞こえたのか、テントにボーザックが飛び込んでくる。

「おー、起きたか〈逆鱗の〉」

一緒に入ってきたのは〈祝福のアイザック〉。やっぱりでかい。ボーザックと並ぶと兄弟みたいだ……と、他人事みたいに思う。

ちょっとした現実逃避である。

「おかえり〈祝福の〉。さて、じゃあ僕も手伝いに行こうか」

「あー行ってくれ。できれば戻ってこないでくれ」

「ふふ、君は本当に面白いね。ではまた、〈逆鱗の〉」

……うわあ、また来るつもりなのか？

俺は寝っ転がったまま、ふん、と鼻を鳴らした。

「さて、どこまで聞いた？」

どかりと腰を下ろして、アイザックが聞いてくる。その隣にボーザックも座った。タイラントを倒したこと、大した怪我人は出ていないことを聞いたと告げると、アイザックは頷く。

「倒してから半日経った。いまはもうすぐ夕方ってとこだ。まずはギルドに討伐成功の伝達を走らせてる。残りの奴らは素材の剥ぎ取りをしてるぞ」

「素材か……こういうときってどうなるの？」

俺が聞くと、アイザックは少しだけ考えた。

「通常であれば、山分けなんだがなあ。いかんせん、飛龍タイラントの素材となると、ギルドが差し押さえるかもしれん」

「……なんで？」

「よすぎるんだよ、素材が。武器や防具の素材としても、装飾品としてもな。だから一回差し押さえて、それ相応の対応をした奴らに一部は振り分けて、残りは報酬に金として上乗せされる」

「そのあまった分はどうすんの？」

「詳しくは知らねぇけど、各国に研究用として回すはずだ」

「そっか……はあ、とりあえずよかった……」

「ああ。この大規模討伐依頼は完璧な成功だ。その功績はかなりのもんだぞ、〈逆鱗の〉」

「……ああ、ところでアイザック……その呼び方、本当にやめてほしいんだけど？」

俺がうんざりして言うと、アイザックはガハハっと笑った。

「残念だが、そりゃあ無理だ。お前、最後に『逆鱗に触れたのは認めてやるよ』って言ったろう？」

「ええ？　……あー、かなりイラッとして、シュヴァリエに言ったような気がする」

「あれ、あそこにいた奴ら、全員が聞いてるからな。もうお前、ここでは〈逆鱗のハルト〉って呼ばれてんだぜ」

「……!?　うぐ、いてて」

体を起こそうとして、呻く。ボーザックを見ると、可哀想なものを見るような目でこっちを見ていた。

「ボーザック……嘘だろ？」

「ざ、残念ながら。……〈閃光のシュヴァリエ〉も、ハルトが吹っ飛んだのを受け止めたときに、でっかい声で褒めてたし……『〈逆鱗のハルト〉、僕は君を認めよう！』とかなんとか」

俺は絶望の淵に叩き落とされたような気持ちになる。しかも、なんだって？　吹っ飛んだのを受け止めたって、あいつが俺を抱き止めて助けたってことか？

「悪夢だよ……まだ夢見てるとかないかな」

「まああ、〈逆鱗の〉。…あいつは空気を読めないところがあるけど、根はいい奴だから許せ」

慰めにもならないことを言うアイザックを見て、俺はため息をついた。

「……わからなくもないけど。あいつディティアに、彼女が仲間を亡くした討伐のことを持ち出したんだぞ。俺はむかついた」

「ああ、そういう空気が読めないからな、あいつ。ただ……言ってることは間違ってないとは思うぞ。あいつは強くない奴は冒険者でいてほしくないと思ってる。だから、実力のある二つ名持ちが好きなんだよ」

……。確かに、ディティアの居場所を提供しようとしていた発言だった。それは、認めるけど。

「強くないから、死ぬ。それなら、強い奴だけ残るべきだって……な。それがあいつの考えだ」

アイザックはぽんと膝を打つと立ち上がった。

「バフのせいで動けないんだろ。ヒールじゃお前の痛みは治せそうにないから、俺は行くぞ。早く動けるようになれ」

俺は言葉を返せずに、ただ頷いて見せた。

ボーザックは俺に食事と水を持ってきて、ついでに〔白薔薇〕の皆を呼んだと告げる。起きるのを手伝ってもらって、ようやっと落ち着いた。

「〈逆鱗〉かあ……」

思わず、こぼす。

「格好いいとは思うよ」

ボーザックの慰めに、ため息混じりに頷く。

「まあ、〈重複〉よりはマシかなとは思うよ……」

「俺さー、ハルトに言うのは可哀想なんだけど、俺が認めてほしいと思える二つ名持ちを探そうと思う」

「うわあ、本当に俺に言うと可哀想な台詞だな。でも、それがいいよ……」

「うん。それで、格好いい二つ名をもらうよ」

そこに、ディティアが飛び込んできた。

「ハルト君！」

「ああ、ディティア。おはよう」

「もうー！　心配したんだから！」

「うわあっ」

飛びついてきたディティアに、なぜかボーザックが驚く。……俺は激痛に声も出せず、固まった。

「よかった、本当に」

なんとか彼女の頭を撫でたところで、赤面しているボーザックと目が合った。確かに、この状況は恥ずかしい。

「あー、ディティア。すごく、痛い」

「っ！　わあ！　ごめん、ハルト君！」

ディティアはがばりと身を引くと、初めてボーザックに気が付いたのか、真っ赤になった。

「あわわ、ボーザック⁉　わ、私ったらちょっと舞い上がっちゃった……」

俺はそっと体を擦った。少し、マシになっただろうか？

「……すぐにグランさんとファルーアもここに来るよ。それで、ええと、少し相談があって。いいかな？」

「相談？」

ちょっと涙目の俺に、申し訳なさそうにディティアが頷く。聞くと、報酬に入るだろう素材についてだった。一番の功労者は、とどめを刺した俺だと思っているようだ。

「グランさんの盾、ヒビが入っちゃったの……だからね、新しい盾の素材に、タイラントの角がいいと思って……ギルドと交渉できないかな？」

「え？　グランの盾が？」

「うん、ハルト君を跳ね上げる前に、ヒビが入ってたんだけどね」

なるほど、角を折った衝撃で割れたんだろう。

「グランさん、修理に出すつもりみたいだから、それならいっそ新しくしてあげたいなあって。あの白い盾、薔薇の花びらって話してたし…それなら白い素材にしてあげたいし……」

俺は笑った。

「そんなの、相談にもならないだろ。交渉しよう、そもそもグランが折った角なんだし」

ディティアは、ぱあっと笑顔になった。そこにちょうどグランとファルーアがやってくる。

「やったあ！　グランさん、角をもらいましょう！」

グランは眉を寄せて、

「なんの話だ……？」

と、首を傾げた。

その日の夜にはだいぶ動けるようになった。

討伐に参加したパーティーも、素材の回収が終わったために明日出発することになり、テントの外では盛大な宴が催されている。持ち寄っていた酒や食材をふんだんに使って、飛龍タイラント討伐成功を祝う宴。大きな焚き火もおこされて、知らない人同士も笑い合い、歌ったり、踊ったり。

俺はそのお祭り騒ぎを眺めていたのだけど。

「〈逆鱗のハルト〉さん！　俺たち感動しました！」

「〈逆鱗のハルト〉、その名しかと覚えた」

「バフをあんなに重ねるなんて、どうやってるんですか〈逆鱗のハルト〉さん！」

来るわ、来るわ、知らない冒険者たち。しかも、口を揃えてその二つ名。

名付けがシュヴァリエだったことと、付いた理由が気に入らないけど、響きはそれなりに馴染んできてしまう。

「やあ、〈逆鱗の〉。一杯どうだい？」

やっぱ訂正。馴染んでない気がしてきた。

現れたシュヴァリエに、俺はため息をついて、それでも杯を受け取る。

「おや、素直だね」

「さすがに、皆が楽しんでるこの雰囲気に、水は差したくない」

「はは、そうこなくてはな。では、〈逆鱗のハルト〉に乾杯」

「……〈閃光のシュヴァリエ〉に乾杯」

シュヴァリエは極上の笑みを浮かべて杯を乾《ほ》した。気に入らないけど、こいつは格好いい部類に入るだろう。

「……誰も死ななかったのは望ましいことだ」

シュヴァリエは持っていた瓶から俺の杯に酒を足し、自分の杯にも注いだ。俺は先にアイザックと話せた分、こいつの考えを落ち着いた気持ちで聞くことができている。

「……それが一番だろ」

応えて杯を乾す。……シュヴァリエはすかさず酒を注いできた。

「ああ。だからこそ、名のある強い冒険者たちだけになればいいと、僕は思うよ」

「アイザックから聞いたよ」

「そうかい？　……〈逆鱗のハルト〉。君に関しては、正直噛みついてきたのが気に入ったのでね。そういう強さを見たのは久しぶりだ」

「はあ？　……どういう意味だ？　お前に噛みつきたい奴は、どう考えても多いだろ」

「はは、やはり辛辣だ。……僕の名前が有名すぎて、僕に敬意を表する奴らばかりだから、と答えよう」

「お前、嫌みだよなぁ……」

聞いているのかいないのか、一切を無視したシュヴァリエはさらに続ける。

「ひとつ約束だ、〈逆鱗の〉。君のその名、あっという間に広げてみせよう」

「は？　……いや、ちょっと待て」

「大丈夫、僕が認めた素晴らしい才能を持ったバッファーだと触れ回れば完璧だ。しかも、名誉勲章持ちとも付け加えれば、それはそれは素晴らしい速度で有名になる」

俺は頭を抱えた。喜んでいいのかどうか、さっぱりわからない。

「それに、〈疾風の〉を守るのには、必要な名前だろうからね」

「……っ、そう来るか……」

シュヴァリエは楽しそうに言うと、ではな、と言って立ち去った。その後ろ姿に、少しだけ、感謝してやろうと思う。

——宴の夜は、更けていく。

第三章　硬い盾が欲しいので。

海都オルドーアに着いた俺たちは、まるで凱旋したかのような状態だった。すでに討伐のことは伝達されていたから、町の人々や参加しなかった冒険者たちからの大きな歓声が、そこら中から聞こえてくる。

飛龍タイラント討伐成功。それは、人々にとって御伽話のような、夢物語のような出来事だったんだ。……勿論、俺たち〔白薔薇〕にとっても。

どんな風に報告されたのかはわからないけど、ひとつだけ確実なことがある。

「〈逆鱗のハルト〉って奴がとどめを刺したらしい」

聞こえる。あちこちから、その二つ名で俺を呼び、誰だ、どいつだと捜す声。

シュヴァリエの奴、報告にそれも交ぜたんだろう。釈然としない。

ただ〔グロリアス〕の面々が、列の先頭は〔白薔薇〕にと譲ってくれたのもあって、俺たちがとどめを刺したパーティーだということは認識されたようだ。名を上げる目的は十二分に果たせただろう。

「おかえりなさい、皆さん！　どうぞ休んでください。報酬についての説明があります！　〔白薔薇〕の皆さんは別室へどうぞ」

ギルドに着くと、最初に対応してくれたギルド員が俺たちを別室に案内してくれた。席に着くと、なにやら報告書らしきものを持ってくる。

「ええと、まずは討伐成功おめでとうございます！　歴史的な勝利です！　……〔白薔薇〕の皆さんに協力をお願いしたのは大正解でした！」

このギルド員、改めて見て思うけど……男なのか女なのかわからない。茶髪のショートカットに同じ色の大きな眼。服はギルドの制服である無地の白シャツと黒パンツ。見た目がまだ幼く見えるので、どっちとも取れる。俺が不躾に眺めていると、ギルド員は俺たちを見回した。

「〈逆鱗のハルト〉さんはどなたですか？」

「……不本意だけど、俺だよ」

「あなたですか！　……すごいですね、バフを重ねられる……わあ、〈重複〉さんより多くかけられるんですか！　……おっとすみません。改めて、〈逆鱗のハルト〉さん、あなたの二つ名は〈閃光のシュヴァリエ〉さんからの推薦で登録されました。堂々と名乗ってください」

どうだとでもいわんばかりの勢いだ。けど、〔白薔薇〕の皆からは可哀想なものを見るような視線が送られてくる。

「……あれ？　あれですか？　やっぱり〈閃光〉さんからだと嬉しくないです？」

「わかってもらえるのか……ちょっと感動したよ、俺」

「あはは……でもあの方、本当に強いですから。それに、知名度はかなりのものですよ。相当名誉なことなのは間違いないです。話を聞かない方ですけどね」

ギルド員にさえそう思われてるのか、あいつ。ますますげんなりする。

「とりあえず、報酬についての説明に移りますね。まず、皆さんには当初の予定通り、名誉勲章が発行されます！」

ぱちぱちぱち、と自分で拍手をして、ギルド員は「おめでとうございます！」と続けた。

「次に、報酬です。皆様は十万ジールに加えて発見ボーナスがついて、ひとり十五万ジールが支払われます」

うお、すごっ。

俺の双剣が三万ジールだし、ここの宿は一泊ひとり八百ジールである。俺たちは顔を見合わせた。

「さらに、今回は素材の提供ができます。とどめを刺した〈逆鱗のハルト〉さんは勿論、〈白薔薇〉の活躍は報告書にも記されています」

「ほお？　どんな風に？」

意外だったのか、グランが髭を擦った。

「はい。攻撃、防御ともに著しい活躍を見せたと」

「あははっ、まんざらでもないよねー」

ボーザックが嬉しそうに笑う。

「タイラントの鱗についてはおひとり一枚は必ずもらえます。まだ洞窟に残っているはずの骨格は標本にするためお渡しできませんが、ほかに欲しい素材はありますか？」

　俺はグランとディティアに目配せして、頷いた。

「角が欲しい。あれはグランが折ったものだし」

「角……ですか。確かに先ほど回収したリストにありましたね。うーん、本来であれば骨格標本に必要だし、こちらの回収対象ですけど……」

「そこをなんとか頼めないか？　俺の武器であり防具であるこの盾が最後に果たしてくれた仕事だ。新しい盾を、その角で作りたい」

　グランが頭を下げるので、俺たちも慌てて頭を下げた。

「……」

　ギルド員は、割れてしまった大盾をじっと見詰めた。

「……わかりました。なんとかしましょう。ほかには？」

「え、いいの？　そんなあっさり？」

　思わず声が出る。……隣からグランに蹴られた。反対側からはディティアにつねられる。

「はい。海都オルドーアのギルド長の名にかけて、保証しましょう」

「……え、いまなんて？」

「保証しましょう、と」

「いや、その前」

「海都オルドーアのギルド長の名にかけて？」

『ギルド長ぉー⁉』

ほぼ全員の声が重なる。

「ああっ、その反応は久しぶりっ、久しぶりに頂戴しましたっ。最近はようやく皆さんに認知されてきたのに、やっぱりまだいたんですね！　そういう人！」

ギルド長は机に突っ伏すと、めそめそと泣き出した。

「あああ、ごめんなさい。すごくお若く見えたので驚いて……っ」

さすが〈疾風のディティア〉、すかさずフォローに入る。

「いえ、いいんです、慣れてます……、それに名乗ってませんでしたし……私は海都オルドーアのギルド長、マローネと申します」

マローネ……どっちだ、女なのか、男なのか？　ボーザックと目が合う。しかし、首を振られてしまう！　ファルーアとも視線が交錯した。しかし、そっと逸らされる！

俺は聞きたくても聞けないまま、じりじりと焦らされるような変な感覚を味わうこととなった。

「ええと、こほん、マローネさん。ほかにも素材が選べるってことですか？」

そんな俺の気持ちはよそに、ディティアが話を続けてくれる。マローネは頷いた。

「はい！　あと四つはお渡しできますよ。見たところ革鎧がおふたりですし、タイラントの革はどうでしょう？　鎧にすればかなり上等ですよ。その切れ端で皆さんお揃いのブレスレットとかを作ると、ちょっと格好いいかも」

「いちおう聞くが、ほかにはなにがあるんだ？」

グランが身を乗り出す。

「タイラントの肉と、鱗、牙ですかね。肉は……一生で一度食べられるかどうかの龍ステーキが人気でしょう。牙は短剣の材料にできます。鱗は一枚は手元に渡るので……お勧めの加工は小さなナイフにすることですね」

おお、なんか肉とか牙もいいな。龍ステーキ……美味そうだ。

「それと提案ですが……皆さんには角が渡るので、上手く加工できる人なら、角から大盾と大剣が両方できると思いますよ。相当大きいんで」

「本当⁉　うわ、俺の大剣も刃こぼれしちゃったんだけど……」

思わぬ提案にボーザックが食い付いた。勿論、俺たちに異存はない。ただひとり、ファルーアだけが悩ましい表情だ。

「……メイジに使えるような加工ってないのかしら？」

「あ……そうですね……革で防具を足すか……、あ、いや、ちょっと待ってくださいね。上手く回収できていれば……」

マローネは資料をぺらぺらとめくり、表面に指を奔らせていたが、それをぴたりと止めた。

「わあ……素晴らしい。……ありました、ものすごくものすごいやつ」

「ものすごくものすごいやつ？」

ファルーアが眉をひそめる。

「はい。なんと、タイラントの眼です」

「眼……？」

「龍の眼は、なぜか死んじゃうと結晶化するんです。魔法の威力を高めてくれるすごーい結晶なので、杖に嵌め込む素材になります。結構大きな玉なんですけどね」

「それはまた……すごいわね」

「ええ！　今回は片目だけなので、ものすごくものすごいレアですよ！」

そういえば、〈迅雷のナーガ〉が片方を潰してたなあ、と思い当たる。

「……そんなすごいもの、もらえるのかしら……？」

「ええ。数が少ないので眼の処遇って国同士で揉めるんですよ……だからこっちとしては、魅力があっても持っていたくない部位で……」

「よし、決まりだ。とりあえず眼はもらう」

「え、グラン！　そんな、いいの？」

ファルーアが驚いた顔をする。

「当たり前だろう。〈白薔薇〉の大事な後衛が強くなるに越したことはないぞ」

「……そしたら、眼と、革鎧二着分の革、角……ときたから……」

俺は素材を数え、皆を見回した。皆は顔を見合わせ、当然だとばかりに頷いてくれる。じゅるり、とグランが舌舐めずりをした。

「人数分の肉、なんとかできないか？　ギルド長。頼む！」

グランがでかい角を背負い、宿に戻る。名誉勲章の発行は少し時間がかかるらしいので、それ以外の報酬を先に頂戴して帰ることにしたのだ。

角の大きさたるやグランの体ぐらいあるもんで、注目を浴びる浴びる。宿の食堂にいた冒険者たちが、思わず席を立ってまで見るくらいだ。……飛龍タイラントの角だってことは、説明がなくともわかるんじゃないかな。

しかし俺たちはそんな冒険者たちには目もくれず、バーカウンターでお酒を注いでいたマスターのもとに詰め寄った。

「マスター、頼みがある」

グランが、鬼気迫る顔でカウンター越しに目を光らせる。その表情とは裏腹に、そっ、と優しい手つきで、カウンターにあるものが載せられた。それを見て、てかりのある黒いスーツ姿で、髪を撫でつけている紳士風のマスターが、片眉をつっと上げる。

「この、タイラントの肉を……っ、最高のステーキに変えてくれないか……！」

うおお！

歓声のようなものが後ろからどっと湧き起こった。ディティアとファルーアがたまらず、少しだけ首をすくめている。

「……なぜ、私に？」

マスターは酒を待っていた客に渡すと、落ち着いた声で返してきた。

「マローネからの紹介だ……、あんたが最高のステーキを作ると……っ！」

なんていうか、獣。空腹で、飢えた獣がそこにいた。俺たちは期待いっぱいに彼の返答を待つ。

――ややあって、マスターは目を細め、深く深く頷いた。

「マローネですか……それでは断れないですね。承りましょう」

「いよっしゃあー！」

なぜかたむろっていた冒険者たちも歓声を上げる、不思議な空気の共有がそこにあった。


夢のような時間だった。

出されたステーキには美しい白薔薇が一輪添えてあって、マスターの粋な計らいに、俺たちのテンションは天井を突き抜ける勢いで。

大金も手にしていたし、そこにいた冒険者たちにもお酒を振る舞い、飲めや騒げの宴が催された。

龍ステーキはほどよく火が通され、肉の味を邪魔しないソースがかけられていた。噛めば噛むほどあふれる甘い肉汁。舌の上で転がせば、身がほどけて口の中いっぱいに濃厚な肉の味が満ちる。

……ああ、最高のステーキだった……。

勿論、俺たちが〈白薔薇〉だと知って話しかけてきたり、〈逆鱗のハルト〉を捜してやってきたり、

〈疾風〉に会いにきたり。俺たちの周りには人が絶えなかった。

だいぶでき上がった俺たちは、眠りかけているボーザックをなんとか部屋まで誘導し、改めて杯を交わす。


「やったな」

グランが立てかけた角をさする。

「うん、一躍有名人になったな」

俺はにやりと笑って見せた。グランは頷くと、

「……もっと強くなるぞ、俺たちは。……あとは、俺を認めさせる二つ名持ちを探さねぇとなあ」

そう言って唇の端を吊り上げた。

「うわあ、それボーザックも言ってたよ」

「ははっ、だろうなぁ。けどよ、〈逆鱗のハルト〉」

「……」

「〈閃光〉の強さは誰もが知ってる。好きになれねぇ奴かもしれないが、その名前、すげぇと思うぞ。なかなか格好いいしな?」

「あ……お、おう。……グランがそう言うなら」

「ふ、本当はそれなりに気に入ってんだろ？」

「……最初は……嫌だったけどさ。たくさんの人に呼ばれてたら、それなりには、ね」

グランは、その厳つくてゴツイ手で、俺の頭をぐりぐりと撫でた。

「俺は嬉しいぞ、ハルト」

その言葉に、胸が熱くなった。俺、このパーティーで強くなりたい。もっともっとたくさんの冒険を、皆でできたらいい。

グランは満足そうに頷いて、酒を呷った。

「……悪いが、大盾と大剣を作るのに行きたい場所があるんで、付き合ってもらうぞ」

「ああ、任せとけ」

拳を合わせて、俺たちは笑い合った。


飛龍タイラントの革の鎧と、龍眼の結晶の杖も、グランが行きたい場所で作ろうという話でまとまった。ただ、鱗を加工したナイフだけは、名誉勲章の発行を待つ間にオルドーアで発注することにした。

皆の鱗を預かって、ディティアと一緒に俺の双剣を買った鍛冶屋へ行くと、俺たちのことを覚えてくれていた職人が、安価で快く引き請けてくれた。龍素材の加工は鍛冶屋にとっては名誉なことらしい。

数日後に取りにくることになり外に出ると……一緒に来たディティアが、嬉しそうに先を歩き出した。

「早くグランさんの盾を作りたいね」

「ああ。あのままじゃ、依頼も請けられないしなー」

「飛龍タイラント……まさか私たちが倒せるなんて思わなかった」

「うん。ディティアがいなかったら、こうはなってなかったと思うよ」

俺が言うと、彼女は振り返った。……唇には笑み。

「……会えてよかった。仲間を亡くしたことは、いまでも……つらいままだけど。でも、ハルト君があの日、私に声をかけてくれなかったら、きっと壊れちゃってたと思うの」

彼女は、やっぱり可愛いことを言う。俺はつられて笑った。

「ディティア、お前可愛いこと言うよな」

「あーっ！　またそんな言い方して！　もう慣れたよ、照れたりしてないんだからね！」

うんうん。そう言いながら頬が紅くなるところも可愛い。

「俺にとっても、ディティアに会えたことは転機だったよ。もっと頼りがいのある仲間になるからな。お前のためにも」

「……っ、わ、わあ……そっちのほうが、ちょっと、照れるような……？」

顔を覆ってしまう彼女に思わずふふっと笑って、もうひとつ。

「そうだ。この双剣もさ、あのとき新調してなかったら、たぶんとどめ刺せなかったと思ってる。ありがとう」

　ディティアはその言葉を聞くと、今日一番の笑顔を見せた。

「そうでしょう？　ほら、やっぱりハルト君にはこういう曲線の双剣がいいんだよ！　それにね、これを選んだのは……」

　……あーしまった。踏んでしまった。俺は宿に戻るまで、ディティアの双剣愛に付き合わされることになったのだった。


「お待たせしました。こちらが、名誉勲章です」

　マローネが差し出した箱に、俺たちの名誉勲章が綺麗に並んでいた。

　銀のカードで、美しい細工が施されている。表面にはそれぞれの名前が刻まれ、飛龍タイラントの名と討伐した日付もあった。

「新しい名誉が与えられると、この下に追記できる仕組みです。本人しか使えないので大切にしてください。ちなみに、なくしたりしたら勿論罰金。売った場合は、冒険者としては二度と活動できませんのでご注意くださいね」

　どうぞ、と言われて、それぞれがそーっと手に取る。

俺のカードには、〈逆鱗〉という文字も刻まれていた。ディティアには勿論、〈疾風〉と。

右上には穴があり、細い銀の鎖もセットになっていた。首から下げられるのだ。

「いままでの認証カードも併用できますけど、せっかくなので名誉勲章を見せて依頼を請けてくださいね。手厚いサポートがありますよ」

マローネは、にやりと人の悪い笑みを浮かべた。

「それでは、〔白薔薇〕の皆さん。なにかあればご連絡しますので、またよろしくお願いしますね！」


宿に戻る途中、鍛冶屋で鱗のナイフを受け取った。……が、そこに……。

「やあ〈逆鱗の〉！　奇遇だね」

「出やがったな……」

なぜかまた出くわした爽やかな空気のシュヴァリエに、俺はこめかみを押さえた。

〔グロリアス〕の面々も揃っていて、鍛冶屋はいっぱいになってしまう。

「君たちもここで鱗の加工かい？」

「ええ。シュヴァリエも？」

「ははっ、〈閃光の〉、と付けてくれてもいいよ〈疾風の〉。その通りだ。ここの職人は腕がいいからね」

爽やかに告げるシュヴァリエの向こうで、ナーガが無言で包みを受け取っている。その横では、アイザックが職人に礼を述べていた。

「〈爆炎のガルフ〉、あなたに尋ねたいのだけど、いいかしら」

ファルーアが隅にいた爺さんに話しかけるのに気付いて、シュヴァリエをディティアに丸投げして、俺もそっちに行く。

「どうしたかの？　娘ッ子」

「その。あなたのその杖、龍眼の結晶ではないかしら？」

「おお、よく気付いたの。その通りじゃ」

「やっぱり……」

俺がへぇーと声を上げると、ファルーアにぎゅっと足を踏まれた。

……黙ってます、黙ってます。余計な口出しはしません！　だから、そのヒール退けてくれ！

「実は、タイラントの龍眼の結晶をもらったの。なにか……杖にするのに必要な素材とか、あるのかしら……。よかったら助言をもらえないかと思って」

「それなら、一番は骨じゃの。わしのは『そう』じゃが、確か今回は標本にするらしいからのう。違う龍の骨なんてそうそうないからの、お勧めはドーン樹じゃな」

「ドーン樹……軽くて強い、しなりのある大樹ね」

「その通り。たいていの鍛冶屋にはある素材じゃ」

「ありがとう。それからタイラント討伐での指揮、見事でした。いまさらですが、お目にかかれて光栄です」

「ほほっ、娘ッ子、主も途中途中で主力のサポート、見事なお手前じゃ。……そうじゃの、お主が欲しいと思ったら声をかけるといい」

「え？」

「二つ名じゃ。いまはまだそのときではないがの。腕を磨きなさい」

「……」

なんかすごいことを言われてないか？　ファルーアの奴。

「それじゃあ、僕たちは行くよ。次は一度王都に戻るつもりだ。また会おう、〈逆鱗のハルト〉。約束はその身で実感してくれ」

不穏なことを言って、シュヴァリエ率いる〔グロリアス〕はいなくなった。それを見送り、ファルーアが難しい顔で立ち尽くす。

「……ファルーア」

「ああ、ハルト。悪いわね、さっきは足が滑ったわ」

「いや、滑って踏まないだろ……。二つ名のこと、言われてたな」

「〈爆炎のガルフ〉か……確かに、二つ名をいただけるなら彼がいいわ」

「え、そうなの？　そんなすごい爺さんなんだ」

「ええーっ⁉　ハルト〈爆炎のガルフ〉知らないの？　……彼の者、地龍グレイドスを屠りし伝説のメイジ、だよ？」

割って入ってきたボーザックに言われて、驚く。

「えっ。あれ、それって教科書に出てきたやつ？」

「ハルト君……もう少し勉強したほうが……」

ディティアも呆れた声を出した。

「だってさ、何十年も前の歴史だよな？」

「だからあんな爺さんなんだろうに」

グランにまで言われて、俺はああ！　と手を打った。そうか、そんなにすごい爺さんだったんだな……。

あー、そしたらあの龍眼の結晶は地龍グレイドスのもので、『そう』って言ってたのは、その骨って意味だろう。

ファルーアはその美しい顔立ちに強い決意を秘めた眼差しで、彼が出ていった扉を見詰めていた。

「強くなって、そしたらだな」

俺が言うと、ファルーアは妖艶な笑みを浮かべる。……自信満々だった。

「ええ、時が来たらね。それに……上手くいけば杖の分くらい、角からあまりが出るかもしれないわ。加工のときに聞いてみるつもりよ」

グランが目指す盾の加工場所は、オルドーアから一カ月ほど旅した、山間部にある鍛冶師の町だった。盾なら盾、大剣なら大剣を極めんとする、職人集団が住み着いて発展した町である。

素材を溶かすために炉を高温にする必要があり、それを可能にする燃料である燃炭岩《ねんたんがん》の採掘場が近く、冷却に必要な水——つまり川が傍にあることから、鍛冶師にとって最高の立地と評されている。評判を聞きつけた冒険者たちが客となり、それはそれは繁盛しているそうだ。

その町、ニブルカルブ（最初の鍛冶師といわれる男の名前らしい）に向かう道中、俺は前方にいる目のいいボーザックと、後方のファルーアに五感アップのバフをかけて警戒を任せ、ディティアに話しかけた。

「そういえば、シュヴァリエって王都出身なのか？」

確か別れ際に、王都に戻るつもりだって言ってたなあと思い出したのだ。

「わー、ハルト君……やっぱりそこからだったんだー」

ディティアが可哀想なものを見るような目で俺を見る。

「うわー、傷付くなー」

「……そう考えると、ハルト君って二つ名にはまったく興味なかったんだね」

「え？　そう見える？　でも俺、〈疾風のディティア〉にはすごく興味あったけど」

「うっ、ええっ」

俺が答えると、ディティアは目を見開いて視線を逸らした。今日もいい反応だなあ。

「ハルト、本当に無神経だよね……」

聴力も上がっているボーザックが、前から声をかけてくる。俺は首を傾げた。

なんか変なこと言ったかな？

「もう、ハルト君。あのね、シュヴァリエは、王国騎士団の団長になるのが決まってるの」

「……え？」

グランが見かねたのか、続けて説明してくれた。

「王国騎士団は王と国民を守るために城に務める騎士たちで、冒険者から騎士になる奴らも多い。それをまとめて束ねるのが騎士団長だが、代々、冒険者として名を売ってから就任するんだよ。誰もが認める騎士団長として立つためにな」

「へぇー……あいつ、そんな偉い奴だったんだ」

「そうなの。だからシュヴァリエは、大規模討伐依頼とかの難しい依頼は、率先して請けるの」

なるほど。俺は無駄に爽やかな雰囲気のあいつが、騎士っぽいと思ったことを思い出した。

「それであの服か……」

「あ、それはわかったんだ。うん、王国騎士団の団員服だよ」

……あー。騎士っぽいとは思ってたけど、本当に王国騎士団の服だったのか。

「顔に出てるわよ、ハルト」

ファルーアに突っ込まれて、俺はそっと顔を逸らしたのだった。

途中途中で魔物に襲われた。

大盾使いだけど、グランは素手でも結構強い。厳ついわりにキレのある動きで拳や蹴りを繰り出して、魔物を再起不能にするのだ。

「っはー！　やっぱグラン強いわ！」

ボーザックが自身の相手を斬り伏せて感心していると、グランは分厚い胸を張った。

「まあな、盾がなくても戦えて、初めて一人前だ」

そこに、ひとりで二体を倒してきたディティアがひらりと戻ってくる。

「もー、グランさん、ボーザック！　手伝ってくれてもいいのに！」

「ああ、ティア、ごめん……」

……ちなみに、俺とファルーアで一体を相手にしていた。

「楽できていいわね」

「ああ、ホントに」

最近は、少し自分の体を鍛えようと思っていた。せめて、五重バフに耐え得る体は作っておきたいしな。そのため、バフに頼らないで魔物と戦うことを心がけている。

「よっ、はあっ！」

ディティアには遠く及ばない双剣捌きで、ようやく仕留めた。少しはさまになってきたか……？

「うんうん。ハルト君、動きよくなってきたね」

すぐ傍で、にまにまと見守るディティアに、苦笑。

「手伝ってくれてもいいぞ、〈疾風のディティア〉」

「助言はします、〈逆鱗のハルト〉」

旅は、順調である。


そうして、約一カ月に及ぶ旅の末に、俺たちは鍛冶師の町、ニブルカルブにたどり着いた。途中、小さい町や村にいくつか寄って、簡単な依頼と補給をし、おおむね行程通りの旅路だ。

「さあて、まずは大盾の鍛冶師に挨拶だ」

すでに夕方。山間の町は暗かったが、ところどころに煌々と炎の灯りがもれ、絶えず蒸気が上がっている。この時間でも武器を鍛えるカンカンという音が、あちこちから聞こえた。

グランは角を背負い直すと、坂を登り始める。大盾の鍛冶師は、町の高所に工房を構えているそうだ。

「グランさんの白薔薇の盾を作った人なんですよね」

「ああ。偏屈爺さんだが、いい盾を打つ」

「楽しみです」

すれ違うのは冒険者らしき人々がほとんど。グランの背負う角を珍しそうに振り返る人も多かった。

とりあえず、話がついたら宿を取ろう。久しぶりのベッドが恋しい。


「おい、爺さんいるかー」

高所も高所。ニブルカルブのてっぺんに、鍛冶屋があった。ほかの鍛冶屋よりだいぶ上にあることから、グランの言う通り偏屈なのだと身構える。

「冷やかしなら帰りな……おお、なんじゃ、白薔薇か」

出てきた人は……デカかった。爺さんなんだけど、グランよりも大きい。つるつるの頭に白い無精髭。節くれ立った巨大な手。

俺たちは目を見開いて見入ってしまった。

「よお久しぶりだな。今日は……まず謝りてぇことがある」

「……入れ。後ろは……白薔薇、お前のパーティーか？　お前たちも入れ。ここまで疲れただろう」

そこまで聞いて、白薔薇っていうのが俺たちのことじゃなくてグランのことだと気付く。

へえ、それなりの付き合いなのかな。ちょっと面白い。

爺さんが中に引っ込むと、グランがにやりと振り返った。

「爺さんは巨人族でな。デカいだろ？」

「私、は、初めて見ました……」

「すげえ、グランよりデカい爺さんがこの世にいるなんて、俺いま感動してる……」

ディティアとボーザックが感想を述べる。

俺たちはとりあえず中に入り、転がった丸太に適当に座った。

「まずは、この大盾。……すまない、割れちまった」

「生涯をともにする盾として作ったつもりじゃったが……その後ろのやつが理由か？」

「ああ。……聞いて驚け、飛龍タイラントの角を取った」

グランが差し出した角を前にして、爺さんは三十秒くらい、つるつるの頭を撫でていた。俺たちも黙っていた。

——そして。

「なんと⁉　飛龍タイラントを討伐した〔白薔薇〕っつうパーティーはお前たちか⁉」

『遅ッ⁉』

俺とボーザックがハモる。

爺さんは俺たちを無視。ぺしりとはげ頭を叩いて、角を触らせろと言った。

「……ほお……状態も申し分ない。やるな白薔薇！　いや、わしの大盾！　……しかし盾を作ったとしてもこの素材はだいぶあまるぞ？」

「あまりで大剣を作ってもらいたいんだ」

「さらにあまるなら、龍眼の結晶の杖もお願いしたいわ」

「ついでにタイラントの革鎧も、二着作る予定なんだけど」

ボーザック、ファルーア、俺で捲したてると、爺さんはまた三十秒くらい黙ってしまった。俺たちも様子を見る。

「なんと！　そんなに素材があるのか⁉　こうしちゃおれん、鍛冶師を集めるとしよう！」

『だから、遅ッ⁉』

俺たちがわいわいしていると、グランが一言、付け足した。

「硬い盾が欲しい。これからもっと強くなりたいんでな」

もう日も暮れたというのに、鍛冶師の職人気質といったら凄まじい。大盾の鍛冶師、巨人のバル爺さんが呼びかけると、来るわ来るわ、町中から職人がやってきた。総勢二十人は超えている。

仕事中の鍛冶師でさえ、その仕事を切りよく終わらせて小一時間で集まるのだからとんでもない。彼らにとって今回の素材は、それだけ注目度が高いものなのだろう。

しかも、さすが職人というべきか……素材を持ってきた俺たちには目もくれず、並べられた素材を囲んでいく。

「これがっ、これが飛龍タイラント……」

「素晴らしい、龍眼の結晶など生涯で一度見られるかどうか」

そうして、口々に素材を見ては唸り、どう加工するのかを皆で話し出してしまった。完全に、俺たちは蚊帳の外だ。

「グラーン、俺たち、ここにいる意味あるのかなーあ」

ボーザックが膝に頬杖を突いて、職人たちを眺めている。俺も欠伸が止まらない。グランも為す術がないようだ。

「おおい、爺さん……」

呼びかけには反応すら返ってこない。

ディティアとファルーアは、意匠についてどこまでが許されるのか見極めたいとか言って、職人の輪に身をねじ込んでいた。

よくやるなあ。


――それから三十分はしただろうか。突然、バル爺さんが立ち上がった。

「よおし、それでいこう！」

うとうとしていた俺は、はっと顔を上げ、口元を拭う。

「なに、なんだ？　決まった？」

「白薔薇、大剣の坊主、杖の姉ちゃん、お前らは採寸だ。双剣のお前と……ん？　よく見りゃ〈疾風〉もいるじゃねぇか」

「えっ、あ、は、初めまして……？」

ディティアが驚いて文字通り飛び上がる。バル爺さんには、心の中で「遅ッ」と突っ込んでおいた。

あと、グランが白薔薇と呼ばれているのがじわじわ来る。

「わしがお前さんを見たのは遠巻きに一度だけじゃったからなあ。〈疾風〉がいるなら危険もないじゃろ。ふたりで燃炭岩を取ってくるのじゃ」

「ああ？　爺さん、燃炭岩を切らしてるのか？　……それなら俺たちパーティーで行ってくるぞ」

グランがいつものように髭を擦る。すると、バル爺さんがくわあっと目を見開いて反論した。

「ばかもん！　お前は採寸だと言ったじゃろう！　手に馴染み、体の一部分になる武器じゃぞ⁉　甘く見るでないわ！」

「お、おお⁉」

ただでさえグランより大きい爺さんだからか、怒鳴られると心臓がきゅっとなる。グランもたじたじだ。周りにいる職人たちも、若干縮こまって見えた。

ほかの鍛冶師は皆、普通の人間だから、もともと小さいだけかもしれないが。

「いいよグラン、俺とディティアで行くよ。……バル爺さん、俺たちの革鎧のことも考えておいてくれるよな？」

「勿論じゃ。……おっと、それから、けして燃炭岩を切らしているわけでない。純度の高い燃炭岩が欲しいんじゃよ」

「純度の高い？」

「そうじゃ。普段は使わないからわざわざ採掘もせん。鉱山はここから十五分もあれば入口じゃから、そんなに手間もかけん」

バル爺さんは頭を撫でながら、とりあえず……と続けた。どうでもいいけど、たぶん撫でるのが癖なんだろうなあ。

「今日はもう休んで、朝一番に取ってきてくれ。明日の午後には打つぞ」

俺たちは頷いて、紹介してもらった宿へと向かった。鍛冶師たちも、ぞろぞろと帰っていく。

外はすっかり真っ暗だけど、火の灯る色はまだあちこちから漏れ出ていて、なんというか……闇に浮かぶ幻想的な光景だ。

夜になってもカンカンという音は絶えず響いてくるんだと、宿の人が教えてくれた。


朝になって、俺とディティアは、ほかの三人と別れて鉱山に向かった。

鉱山の入口からニブルカルブまでは線路が敷いてあって、トロッコで燃炭岩を運ぶそうだ。今日も鉱山で働く採掘士たちがトロッコを往復させていて、鉱山へ向かうトロッコに乗せてもらうことができた。

トロッコは操縦する人がひとり乗っていて、その後ろに大人三人が乗ればいっぱいになる大きさの木箱が四連になっている。それがガロガロと不思議な音を立てながら、一日何回も往復するそうだ。

「うわあ。私、トロッコ初めて」

ディティアが楽しそうに手を叩く。

「俺も乗ったことないや。王都にはあるよな。結構快適だな」

「うんうん。帰りも乗せてもらえるかなあ」

「どうだろうな……純度の高い燃炭岩がこの箱三杯分とか言われたっけ？」

俺は乗っているトロッコの縁をとんとん、と叩いた。

「うん！　そうすると一箱あまるから、もしかしたら乗れるように気を利かせてくれたのかもしれないね」

鉱山まではもう少しかかるらしいので、俺たちは朝聞いた情報を確認することにした。

「鉱山の奥、普段は封鎖された坑道だったよな」

「うん。純度の高い燃炭岩は濃い紅って言ってたから、すぐわかるよね……？」

「そうだな、普通の燃炭岩はオレンジ色をしてたし。あとは魔物がいるって言ってたけど……あの話だけじゃなんの魔物かさっぱりだった。ディティアはわかったか？」

「うーん、私も確信はないかなぁ。真っ黒で飛ぶって言ってたから、コウモリみたいなのかなって」

「あー、なるほどな。ジャイアントバットとかな……」

「うんうんー。あ、見えてきたよ！」

木々の間を縫うように走るトロッコ。線路の先、枝葉の隙間から、人工の洞窟みたいなものが見え始める。

ガロガロガロガロ……。

俺たちはトロッコに揺られながら、ニブルカルブ鉱山へと踏み入れたのだった。

「ハルト君……私は戦力外な気がします」

ディティアのはっきりした拒絶。そして俺も双剣を構えて冷や汗をたらしながら、情けない声を上げざるを得なかった。

「か、勘弁してくれよー。俺だって嫌だよ……」

「だって、どう見てもあの黒いの、虫のようななにか……だと思うの」

採掘場のさらに奥、封鎖された坑道にそれは現れた。採掘士の同行はないが、いちおう線路は通っているのでトロッコを動かしながら来たところに、蠢く黒い塊を発見したのだ。

しかし。黒くて飛ぶという説明の魔物……は、俺たちの想像を遥かに超えていた。大きく膨らんだ腹、発達したトゲのある脚……特に六本あるうちの後ろ二本はいったん上に延び、そこから折れて地面についている――バッタのような脚だ。そして、頭からは長い触角が伸びている。

……うえぇ、気持ち悪い……。

羽のないコオロギとでもいおうか……サイズは俺の体の半分強はある。

「あれさあ、飛ぶってさあ……」

カサカサッ
「……うわ」

こっちに気付いた、ように見える。

「うあああ⁉」

「きゃあぁぁっ！」

バシーンッ！

こっちに向かって飛んだ、いや、跳んだそいつは、天井にぶち当たり、目の前に落下してきた。ひっくり返りガサガサしているおぞましさといったら、もう、やばい。

「いやあーーっ、ハルト君！　早く！　早くやっちゃってぇええ！」

「ちょ、俺もちょっとこれはっ、うわあーーーー！」

俺はもう恐怖とディティアに突き動かされて、双剣を振りかざした。

――確か、バル爺さんが言っていた。奴らは馬鹿だし強くはないが、群れていることがあるから嫌なんだよ……と。

俺たちは死に物狂いで燃炭岩をかき集め、半泣きで閉鎖区域をあとにした。

「ぶっ、あははは、はー、あははっ」

「ボーザック！　本当に、お前、感謝しろよな……」

ぐったりと椅子にもたれている俺とディティアに、採寸から戻ってきた三人は大笑いだった。酷いよな。こっちは神経をすり減らしたんだから、優しくしてほしいよ。

「しかし、バッファーの意味すらなかったみたいだな」

グランがさらに笑う。

「ああ、なんかこう、恐怖を薄くするバフとか学ぼうかなぁ……」

「魔法が使えたらよかったって、心から思ったよ、私」

どこか遠くを見ながらディティアが呟く。笑いを堪えながらファルーアがその頭を撫でているが、そんなの慰めにもならないぞ……。


ここはニブルカルブの大剣の鍛冶師が構える鍛冶場。

今回は、龍の角——その芯となっている骨の部分を鉱石のように溶かして使うが、一度溶かすと一気に鍛え上げねばならず、大盾、大剣、杖を同時に作るそうだ。

そこで、一番大きな鍛冶場であるここが選ばれたらしい。ガラスの向こうでは、すでに鍛冶師たちが準備を進めている。

ちなみに、一世一代の大きな製造ってことで、たくさんの鍛冶師がひしめいている。知らない冒険者も交ざっている気がするな。

角と龍眼の結晶が運ばれてきて、彼らはザワザワと盛り上がり出した。

「楽しみだなあ、俺」

「ああ。硬い盾……早く試してぇなあ」

ボーザックとグランが、熱の籠もった瞳で見守っている。


作業は夜通し行われた。


長い時間をかけ、鍛冶師は皆、疲弊しながらも己の集大成ともいうべき逸品を打ち上げた。

「白薔薇の大盾じゃ」

「断絶の大剣、だ」

「……轟の龍眼杖」

出された武器たち。それは、どれも白く、つるりと磨かれていた。龍眼の結晶は金色で、神々しい。

鍛冶師たちがそれぞれ名前を付けているのが、特別感を増している気がする。その名前を、グラン以外が気に入ったかはわからないけどな。

そして意匠には工夫が凝らされていた。大盾は一枚の薔薇の花びらの形に。大剣は柄の付け根に

薔薇の細工。杖は龍眼の結晶の土台に蔓と薔薇が象られている。

「うわ……すごい、綺麗だ」

思わず、言葉がこぼれた。

グランたちは、自身の相棒になるその武器を、それぞれ手に取った。

「……軽いのに、なんだろう。なんでも斬れそう」

ボーザックが大剣を一薙ぎ。

「すごいわ、魔力の流れがある」

ファルーアもくるりと杖を回す。

「……ああ、これが、新しい白薔薇の大盾」

グランは、美しい曲線を描く盾の表面を撫でた。

「それだけでもお前さんたちの強さはかなり底上げされたじゃろ。あとは使い込んでさらに馴染ませ、育てるのじゃ」

バル爺さんは疲れ果てた顔をしながらも、凛と告げる。——その日、ニブルカルブは歓声に包まれた。


俺とディティアの革鎧もすぐにでき上がった。

ついでに、海都オルドーアのギルド長マローネの提案通り、切れ端をブレスレットにしてもらってある。

鎧は白色に染色し皆の装備と揃えることにして、ディティアは胸元、俺は肩当てに、それぞれ薔薇の細工を入れてもらった。

「軽いな」

「うん、すごく動きやすいかも……けど、なんか強そう」

「強度がありそうだ」

俺たちは体を捻ったりして、具合を確認する。

「なんかお揃いっぽいな！」

ふと思い立って、動作を確認しているディティアに言うと、彼女は驚いたように跳び上がった。

「お、お揃いっ？　も、もー！　ハルト君！　ボーザックがいたら無神経だよって言われるんだからねー！」

「ええ!?　俺、なんか変なこと言った？」

「わからないなんて、もっとびっくりだよ……」

ぷーっと頬を膨らませているディティア。俺は随分和んだ気持ちになって、ふふっと笑うのだった。

「おかえり、ふたりとも。素敵な鎧に仕上がってるじゃない！　早速依頼を請けたいって、グランがはしゃいでいるわ」

宿に戻ると、ファルーアがカウンターでお茶をしていた。

「ああ、じゃあ俺、ギルドに行ってくるよ」

「あ、今日はグランとボーザックも一緒に行きたいみたいよ。ティア、私たちはお茶してましょう？　革鎧も見せて」

「わあ！　うん、じゃあケーキとかも食べようよ、ファルーア」

ふたりが嬉しそうにメニューを見始めて、俺は完全に忘れ去られたようだ。仕方がないので、グランとボーザックを呼んでギルドへ向かった。

ギルドは冒険者が数人だけ。規模もだいぶ小さかった。

「認証持ちの依頼は……あんまり多くないね」

「鍛冶師の町だしなあ。冒険に来るより、武器や防具の新調が目的なんだろうよ」

「だなー。認証持ちの依頼も鉱石の採取が多いし……俺、もう鉱山は嫌だ」

「ぶふっ、ふふ。ハルト大変だったしねぇ。くく……っいて！」

無言でボーザックの後頭部を叩いてやった。

「どうせなら討伐がいい……試し斬りしてぇし」

「えー、グランの盾は斬らないじゃん。試し斬りなら俺の……あいたっ、いった！　ぐ、グラン！　加減してよー！」

グランもボーザックの肩に一撃。

「にしても、討伐だと……この三つみたいだ」

俺は討伐依頼を並べてみせた。グランとボーザックが頭を付き合わせて覗き込む。


食糧の確保。討伐対象、ビッグホーン。依頼数、一〜

鉱山の安全確保。討伐対象、ブラックドーマ。依頼数、十〜

鉱山の安全確保。討伐対象、偽龍ヒュディーラ。依頼数、一〜


「……偽龍ヒュディーラって？」

「龍ってことは……龍？」

ボーザックと俺で首を傾げる。グランが首を振った。

「偽物の龍って書いてあるだろ。そいつらは首が二本ある蛇だ。大きさも俺の半分くらいだな」

「なるほど。……このブラックドーマってのは、間違いなく奴な気がするんだけど……」

俺がぶるりと身を震わせると、グランが嫌な顔をした。

「そいつはパスだ。このなかだったらビッグホーンがそこそこか」

俺だってパスだよ……。

俺たちはとりあえず、ビッグホーンの依頼を持ってカウンターへ向かった。

「はい、ビッグホーンの討伐依頼ですね！　では、認証カードのご提示をお願いします」

あ、そういえば認証カードがいる依頼は、名誉勲章をもらってから初めてだ。

俺たちは目配せして、首に提げていた銀色のカードを取り出した。

「こっ、これは！」

ギルド員の素っ頓狂な声に、依頼を見ていたほかの冒険者が、ちらりとこっちを見てくる。

「ご、ごほん。失礼しました、まさか名誉勲章をお持ちだとは。……うう、しかもあなたたち、〔白薔薇〕の皆様ですね？」

「ああ。……もうそんな情報まで入ってるのか？」

「はい。各ギルドには一斉に通達がありました。そりゃ飛龍タイラントですからね、こんな小さなギルドですら、相当な話題になったんですよ？」

「そりゃ……すげぇな俺たち」

「有名ですよ、勿論。ああ、そうすると龍の角と革の持ち込みって話は、あなたたちでしたか……」

ギルド員はそわそわし始めると、少しお待ちくださいと席を立ってしまう。ちなみに、ちゃんと男だとわかる普通の人だった。

「わあ、予想以上の反応だったよ。俺、ちょっとびびった」

ボーザックが背もたれに寄りかかる。俺もカウンターに肘を突いて同意した。

「ところで、どこに行ったんだ？」

グランがギルド員の消えた先を見ていると、彼はすぐに戻ってきた。

「お待たせしました。……実は王都から依頼が入っていまして。……よかったら大きな依頼を請けませんか？」

「大きな依頼？」

カウンターに広げられた紙に目を通す。

「……遺跡調査……古代都市？」

「ええ。この紙以上の詳細は、すみません、僕ではわかりかねるのですが。王都の近くに遺跡があるんです。最近その地下に大規模な古代都市跡が広がっているのが見つかって、その調査依頼が出ました」

「へえ……難しい依頼なのか？」

グランが髭を擦る。

「聞いた話では、どうもレイスやらがたくさん出るそうで、認証カード持ちの皆さんへの依頼に分類されています。地震も多いみたいなので、身の安全を考えて行動するように注意書きがありますよ。今回も地表の一部が崩れて発見に至ったそうです」

地震かあ……飛龍タイラント発見のときも、地表が崩れたのがきっかけだった。そう思うと、俺たちには運があるのかもしれない。

「どうでしょうか？ ここで請けていただくと、町から支度金や食糧が用意されますよ」

俺たちは顔を見合わせて、ディティアとファルーアの意見を聞きに、一度宿に戻った。……ビッグホーンの依頼は、とりあえずキャンセルして。


「王都ね……あの貴族の塊みたいな町、苦手なのよね」

ファルーアがため息をつき、ディティアもあははと乾いた笑いをこぼす。それでも、依頼を請けないと言わないあたり、興味があるのかもしれない。

「俺たち王都に行ったのいつだったたっけ？　久しぶりだからまたあの偉そうな感じもいいかもよー。それに、俺たちいま、有名じゃん？」

ボーザックが笑う。

「んー、確か結構最初の頃に行ったからな、四年前とか？」

俺が答えると、ディティアは首を傾げた。

「私は一年前くらいだったたな」

「どっちにしても久しぶりか。……俺は請けてみてもいいと思ってるが、どうだ？」

「まあ、名誉勲章もあるし、貴族の対応も違うかもしれないわね」

グランが言うと、ファルーアが金の髪を優雅に払って答えた。……ファルーアも十分貴族の容姿だよなあ。

「ディティアはどうだ？」

「私も構わないです。けど、遺跡調査はあまり経験がなくて」

今回はどんなものなんだろう？　と続ける彼女に、俺たち全員が黙る。……俺たちは遺跡調査依頼を請けたことがないのだ。

「ちなみにティア、前の遺跡調査は、どんなやつ？」

一瞬の沈黙のあと、ボーザックが聞いてくれた。

「えっと、森で見つかった遺跡の調査だったよ。魔物の巣になってて、そこで地図を作るの。そのあとに専門家が詳しく調査するんだけど、その護衛依頼には手を出さなかった」

「ああ、確か二、三年前に見つかったやつよね？　噂では古代の魔法都市だったとか聞いたわ」

「そう。あちこちに魔法の罠があって……あそこで護衛をするのはかなり難しいと思って」

なるほど。

「今回も魔法都市だったら罠もあるかもしれねぇな。依頼書には調査としか書いてなかったから、詳細は王都に行かないと聞けない……か」

グランは息をついて、俺たちを見回した。

「とりあえず請けるぞ。支度金も出るって話だし、野宿用品と薬関係を確認して王都に向かおう」

俺たちは大きく頷いて、早速備品のチェックを始めたのだった。

「それでは、この書類を王都のギルドに提出してください。こちらが支度金、これが簡易食糧パックです」

ギルド員から荷物をもらって、次の日にニブルカルブを立つことにした。

応急処置の道具を買い足して、野宿に使う折り畳みの鍋を新調。雨の日に被るポンチョも、より動きやすいものに変えることにする。旅の準備は万全だ。


夜、夕食のあとで俺は双剣を磨いていた。まだ新しいのに、だいぶ手に馴染んでいる。……ディティアが選んだだけあるなあ。

月にかざすと、鈍く光って見えた。

「ハルト君、武器の手入れ？」

ディティアが後ろから手元を覗き込んでくる。ちょうどいいや、チェックしてもらおう。

「そう。ディティア、双剣の磨き具合のチェック、お願いできるかな」

「ふふー、実はそれが気になって見にきたんだよ」

わー。そうだった、ディティアの双剣愛に勝てるわけがなかったな。

ディティアは剣を受け取ると、月にかざすようにして刃先と刀身をじっと見詰めた。ときには、そっと爪を当てる。

「……」

その真剣な姿に、少し見とれた。

ディティアは、〈疾風〉の二つ名を普段は感じさせない。けど、双剣を見る眼差しは鋭く、なんていうか、彼女がとても強いと感じるのには十分なほどだったんだ。

……そっか、彼の有名な〈疾風のディティア〉。彼女が、こんなに近くにいるんだ。

「……ここの部分に、まだ……ひゃっ」

手を伸ばしたら届く距離。俺は双剣を握る彼女の手に、触れた。

「えっ、ど、どど、どうしたのっ」

「〈疾風のディティア〉が、触れられる距離にいるっていう実感を得たところ」

「ん、んん？　よくわからないけど……いるよ？」

照れたのか、一瞬だけ慌てた彼女は、すぐに不思議そうな顔になって眉をひそめる。エメラルドグリーンの眼が月に映え、宝石みたいだ。

「ちなみに、〈逆鱗のハルト〉君もすごーく近くにいるね」

「俺の名前なんて、ディティアに比べたらまだまだ」

「ふふっ、その名前、もう認めてるんだ」

「うっ、それを言われるとつらいんだけどなー」

俺は手を放し、笑った。

「ハルト君が有名になるのは時間の問題だって、私は思ってるよ」

そう言って、ディティアも笑ってくれる。

そして……。

「さあ、じゃあここ見てハルト君。磨きが足りないよ！」

「うっ、わ、わかった……」

俺はそこからディティアの指南を受け、双剣を隅々まで磨き直すことになった。


「行ったよ、グラン」

「おう、任せと……けっ！」

ドカアッ！

凄まじい音とともに魔物が吹っ飛んだ。

鱗状の外皮を持つ、一抱えくらいの大きさの鼠みたいな奴で、前歯に毒がある。そこさえ気を付ければ、初心者でも相手ができる魔物だった。

武器と防具を新調して初めての戦闘だったけど、ほんの肩慣らし程度にしかならない。

王都と主要都市の間には馬車が走っている。そのため、目的の町に行くときには王都を経由することで、時間の短縮になる場合もあった。

ただ、俺たち冒険者は基本的に依頼をこなしながら移動することが多く、馬車を使ったとしても途中下車することが多い。しかも、途中下車であっても運賃は終点までと変わらないので、よほど余裕がなければまず使わない……それが馬車だった。

しかし今回は、懐に余裕がかなりあるし、目的地も王都だったので、快適な馬車旅……のはずだったけど、魔物の巣に出くわしてしまった……これが現状である。道を跨いで巣を作ってしまっていて、見過ごすわけにいかなかったのだ。

「はい、最後ぉっ！」

ボーザックの一撃で魔物を仕留め切る。巣を処理して、俺たちは馬車に戻った。

御者からはお礼を言われたけれど、運んでもらっているから当然だし、気にしないでって伝えておく。こういう、旅での一期一会も悪くない。

据え付けられた椅子に座って、馬車旅は再開。俺たちはさっきの、ある意味「初戦」について言葉を交わす。

「俺の大盾は、そうだな。重量は変えなかったんだが、硬いぞ……多少の魔法であれば、この盾だけで防げるはずだ」

「へえ、重さを変えないとかできたのか？」

「ああ。金属の芯を入れてある。それで重さを調整してるんだ。軽すぎると殴ったときの衝撃が減るからな」

はー、なるほど。鍛冶師ってそんなこともできるのか。腕を組んで感心していると、ボーザックがにこにこしながら話し出した。

「俺のは純粋に角の芯の部分だけで作ってもらったから、めちゃくちゃ軽いよ！　羽みたいだ。でも切れ味は抜群。いまなら、飛龍タイラントの尻尾も切り落とせる気がするよ」

「まあ、タイラント自身の角だしなぁ……」

「ハルト、こういうときは素直にすげぇ！　って感心してくれたらいいんだよ」

ぴしゃりと言い放つボーザック。俺は笑って悪い悪いと応えた。

「全然悪いと思ってないよね……」

「ファルーアは魔法使わなかったな」

「うわあ、しかもスルーだあ」

ファルーアは小さく笑みを浮かべて杖を揺らした。

「ええ、あれじゃあ練習にもならないわよ。それならグランとボーザックに譲ろうかと思って」

しれっと答えたけど、ファルーアは絶対に面倒だったんだと思うな。隣でグランが苦笑している。

「まあ、これからは大きな依頼も請けるはずだ。どこかのタイミングで試しておけよ？　火の玉がデカくなりすぎて巻き込まれるとか、嫌だからな」

「ふふ、肝に銘じておくわ」

「そういえば、ハルト君もバフしなかったね」

「うん。ふたりとも新しい武器だし、通常の状態で試すほうがいいと思ったからさ」

そっかーとディティアが頷いていると、ファルーアが鼻で笑った。

「双剣すら抜かずに眺めていたけどね」

「え……ハルト君、戦ってすらなかったの⁉」

「なにかあればバフしようと思ってたからさ」

「もー！」

……平和な馬車旅は、続く。

ほとんどの馬車は多頭立てで、人の数倍の速度で半日は走れるように改良された強靭な馬たちが引いている。

王都までは鍛冶師の町ニブルカルブから毎日七時間〜八時間の馬車旅で一週間ほど。同じ距離を歩くとその三〜四倍はかかるので、馬車のありがたみときたら。……まあ、運賃は高いけどな。

もし海都オルドーアから鍛冶師の町ニブルカルブに馬車が出ていたら、やはり一週間ほどのはずだ。いつかは道が整備されて、ほかの町同士も繋がったらいいよな。あと、運賃も安くしてほしい。

そんな馬車旅で、俺は新しいバフを練習することにした。依頼の遺跡調査ではレイスが出るっていう話だし、それなら浄化のバフがあれば楽だなーと思ったからだ。

バックポーチから取り出したのは、片手サイズのぼろぼろになった本。表紙の端は劣化して破れかけていて、上から何度も補強した。それだけ、長いこと使ってきた本なのだ。

「……」

各々、馬車に酔って寝ていたり外を眺めていたりするので、お構いなしに開く。何度も見てきた本だから、目次を見なくてもどの辺に目当ての項目があるかわかっていた。

ちなみに、ボーザックは乗り物に弱いので、こういうときはだいたいぐったりしている。


浄化のバフ。

主に不死系の魔物を倒すのに付与するバフ。

魔法強化系の初歩である威力アップ、持久力アップと、肉体強化系の中級で、属性強化バフのひとつである光の加護を合わせた形に練り上げることで発動できる。

発動後はうっすらと銀色に発光するのが特徴であり、紅かったり蒼かったりすると別のバフ、または間違ったバフになっている可能性があるため、早急に除去すること。

魔力の組み方としては……。


ページを開き、ざっと読む。……そう、この本はバフの初歩から上級までの有名なものを網羅した、バッファーの教科書ともいうべき存在だ。

自分のバフが重ねられると気付いたとき、貯めていた小遣いのほとんどを使って購入した。

なんていうか、ざっくりとした発動方法と、コツみたいなもの、それからどうやって効果を確認するのかが載っていて、俺にはわかりやすかったんだよな。

ほかのバッファーが持っていた本を見せてもらったことがあるけど、図みたいなものが多かったり、文字が多すぎたりしてちんぷんかんぷんだったんで、俺にはこれが合っているみたいだった。

バフを無意識に発動できるようになるまでは、手の上で何度も魔力を練る。これだっていう塊ができたら、今度はそれを常に発動できるように繰り返すんだ。その繰り返しが安定してきたら、自分にかけて効果を確認していくのが、俺のやり方である。

俺はざっくり、いまのバフを確認することにした。

肉体強化。全身の筋力、つまり力を上げる。近接攻撃に有効。

肉体硬化。皮膚を硬化させる。防御力の底上げ。

反応速度アップ。反射神経を研ぎ澄ます。急な攻撃や状況に対処しやすくなる。敵が複数の場合、後衛のファルーアにかけても効果がある。

速度アップ。動きが速くなる。主に移動速度を上げたいときに使う。ディティアの場合、速さで攻撃力を補っているので、有効。

威力アップ。魔法の威力を増大させる。いつもの魔力で強い一撃を撃てる。

持久力アップ。消費するスタミナが減る。メイジに使うと魔力消費が抑えられ、魔法を使える回数が増える。

五感アップ。視覚、聴覚、味覚、触覚、嗅覚が鋭くなる。気配を察知できる。索敵や旅路の警戒に役立つ。酷い臭いがあるときや、戦闘に入ったときに使ってしまうと、臭いによる失神、触覚が鋭くなることによって痛みが増し気絶するなど、問題があるので注意。

……使っているのはこの辺だ。属性強化や属性耐性もあるけど、使いどころはそうそうない。

バフがかかると、かかっている人の周囲に揺らめく薄い膜のようなものが見える。どうやら浄化のバフは銀色に光るみたいだけど、いまのところ、ほかのバフにそういうものはなかった。

……俺はその膜の微妙な違いを見ることで、かかっているバフを把握することができた。たぶん、魔力を感じるのに長けたメイジやヒーラーなら、同じように見えているんじゃないかな。

切れるまでのだいたいの時間は経験で覚えているけど、バフが切れそうなとき、この膜はさらに薄くなる。バフが切れると、膜も消えるのだ。そうなる前に再びかければ、バフを保つことができる。バッファーは、任意のバフを消すことも可能だ。

バフが切れると、強化されていた箇所の動きが急に鈍くなったような感覚になり、隙が生まれやすい。だから、ずっと強化状態で戦えるように気を付けることは、バッファーには必須の条件といえるだろう。

ここまで考えて、俺は唸った。……この先、もっとバフの種類を増やさないといけないかもしれないな。

例えば、上級になれば肉体強化、速度アップ、反応速度アップを兼ね備えた全能力アップバフがある。

俺の場合、重ねればいいやと思っていたけど、飛龍タイラント戦ではバフが間に合わない場合も多かった。一気に三種類分を発動できるのなら時間の短縮にもなるだろう。

ちなみに、全能力アップバフの説明を読む限り、通常の肉体強化、速度アップ、反応速度アップの単体バフのほうが、より効果が強いと書いてある。

そう考えると、だ。普通は上書きしてしまうバフを重ねがけしたくて編み出されたバフが、全能力アップバフなんじゃないだろうか？

お、なんか賢くなった気がする。……あれ、でも待てよ。そうすると、全能力アップバフを重ねがけすると、どうなるんだ？

俺は五重バフのあとの激痛を思い出して身震いした。……うん、まずは鍛えてから実戦だな。

——考えているうちに、掌の上に練ったバフが形になってきた。よし、この感じを安定して作れるように……。

俺はバフの修得にすっかり没頭していた。……皆がそれに気が付いていて、生温かく見守ってくれていたのを知ったのは、その日、馬車が停まったときだった。

なんだよ、なんか話しかけてくれてもいいのに！　真剣だったし、見られていたと思うとちょっと恥ずかしいじゃんか……。


……よし。


翌日。馬車に揺られながら、俺は心の中で呟いた。

手の上で練り上げたバフは、意識しなくても安定している。ここまでくれば、あとは試して効果を確認すればいい。上手くできていなくても、微調整であればそんなに苦労はしないしな。

いつもならここまで来れば自分にかけるんだけど、俺は目の前に座って気持ち悪そうにしているボーザックにバフを投げた。

「んっ、んん⁉」

ボーザックは俺の突然の愚行に気付くと、変な声を上げて立ち上がる。

「ちょっ、ちょっとハルト！　なんだよこれ、なんのバフ⁉　なんかっ、俺、光ってるんだけど！」

俺は半笑いでぼんやりと光るボーザックを眺めた。大丈夫、どう見ても紅くも蒼くもなく、銀色に光っている。

「あ、私見たことあるよー、これ……むぐむぐ」

ディティアの口を塞いで、俺は言った。

「ちょっと待って、まだ上手くいったかわからないから、様子を見たいんだ」

「えっ、そうなの⁉」

「えっ、ちょっと待ってよ、ハルト！　なに、なんなの⁉　俺どうなるの⁉」

ディティアとボーザックが目を見開く。グランとファルーアはいたって冷たい目で俺を見ていたので、気付かないふりをしておこうと決めた。

その数秒後、体を硬直させているふたりに満足して、俺はウインクをしてあげる。

「……っていうのは冗談で、たぶん上手くいってるよ。安心してくれ」

「っ、ハルト！」

「もーっ、ハルト君、酷い！」

こうして、俺は浄化のバフを修得した。

すでに、王都が見え始めていた。

第四章　協力、しませんか。

ラナンクロスト王都。山ひとつをまるまる都に仕立て上げた巨大都市が、この王国の首都である。

山のてっぺんには王が住まう美しい城。そこから下に向かって、貴族街、商店街、一般国民街が連なっている。

文献や冒険者養成学校の教えでは、もともと貴族と商人がいて、あとから一般国民が町を広げていったとされていた。町に明確な区切りはないんだけど、どうも貴族様のプライドは高いイメージなんだよなぁ。

家の壁は基本的に白で統一されていて、屋根は蒼なのが王都の特徴。上のほうになるほど大きな屋敷となって、敷地を囲む木々や柵に趣向が凝らされる。下のほうは、壁面に蔦を這わせたり、花壇を作って花を植えることで、個性を出しているような町だ。

町中は座れるサイズの五連トロッコで移動すると速い。

一台のトロッコの先頭には操縦士がふたりいる。目安になる場所で停まってくれて、乗り降りできる仕組みだ。

すごいよなー、町が大きいだけあるよな……。

町の主要箇所にはこのトロッコ線路が網羅され、何台ものトロッコが常にぐるぐると回っているので、基本的にこれに乗ればだいたいどこへでも行ける。

……勿論歩いたほうが速い場合もあるけど。

ギルドは貴族街と商店街の間みたいな場所にあった。ここは町の原則から外れて、赤茶色のレンガ造りである。王都のギルドだけあって、規模は最大級。利用している冒険者たちも、ひしめくほどなんだけど。

俺はここに来て、重大なことに気付いてしまった。

「……あぁ……」

「おう？　どうしたハルト」

グランが、ギルド前で立ち止まった俺を見て、怪訝そうな顔をする。

「いや、ここ……そういやシュヴァリエがいるんじゃないかと」

いまのところ、あの爽やかな空気は感じないけどな……。

「ぶはっ、はっは！　そういやそうだな！　あれだ、天敵だなあ！」

「なんか嫌な予感しかない、俺」

「おーい、早く行こうよふたりともー」

ギルドの扉を開けて、ボーザックが手招きをしている。グランと一緒に、俺は重くなった足取りでギルドの扉をくぐった。

……入ってすぐは広間だ。

正面に広いカウンターがあり、ギルド員が均等な間隔で並んでいて、依頼を請けたり報告したりする、冒険者の長い列ができていた。左右の壁沿いにはたくさんの椅子とテーブル。左奥と右奥には、依頼や募集の掲示板が立ち並ぶ。

報酬受け取りの順番待ちや依頼確認の冒険者たちが、ざわざわと椅子や壁際でたむろっているんだけど……。

俺たちが踏み入って数秒後、だんだんと静けさが広がっていくのを感じた。これは……すごく居心地が悪い。

ざわざわが、さわさわーくらいになり、こそこそに変わるのを感じる。

（おい、あれ〈疾風〉……）

（ってことは、あいつらって）

（あれ、まさかタイラントの？）

（見ろよあの装備……タイラントの骨？）

（〔白薔薇〕だ……）

聞こえる。俺たちが誰かわかっていて、噂する声が。

（なぁ、ディティア。いつもこんな気持ちだったのか？）

俺までこそこそして話しかけると、彼女は苦笑した。

（まあだいたいは……でもここまでなのは初めてかな、少し……緊張しちゃうね）

彼女もこそこそと答えてくれた。

俺たちは顔を見合わせて、とりあえずカウンターに向かう。

（あの双剣が〈逆鱗〉か）

（〈重複〉よりもバフができるって本当なのかな）

（あれが〈閃光のシュヴァリエ〉様のお気に入りっていう〈逆鱗〉？）

「ちょっと待て！　シュヴァリエのお気に入りって言ったの誰だ⁉」

俺は吹き出しそうになって見回した。

「は、ハルト君！　まあまあ……」

ディティアが宥《なだ》めるが、グランもボーザックも肩を震わせている。っていうか、笑うなよ！　俺は泣きたいんだけど⁉

勿論、誰も名乗らないが、こそこそがさわさわーに戻る程度の効果があった。

……そして、やっと俺たちに気付く影も。

「おう、誰かと思えば、〈逆鱗の〉」

出たな！　と言いたいところだったけど、違う。厳つくて野太い声。これは……。

「わー、アイザック！　久しぶりー」

先に気付いたボーザックが手を上げる。

「よお、ボーザック。〈白薔薇〉の面々も元気そうで、なによりだ」

「おう、あんたも元気そうだな」

とげとげしい杖と袖のない黒ローブはヒーラーには似合わないが、その男にはぴったりだ。

――〔グロリアス〕メンバー、〈祝福のアイザック〉がそこにいた。


「ほー。そしたら、お前たちも遺跡調査か」

「お前たちもってことは、やっぱり〔グロリアス〕もか？」

「まあなー」

アイザックとグランが今回の依頼について話している。

広間でテーブルをひとつ囲み、俺たちは近況の報告をした。といっても別れてから一カ月ちょっとだからな、それほどなにかあったわけでもないんだけど。……それから、野次馬がすごかった。

「なあ。お前らいつもこんななのか？」

グランがアイザックに言って、苦笑する。

「ああ。最近は慣れたけどな。ふふ、どうだ？　有名になった気分は？」

「まだそこまで実感はねぇが、すげぇもんだな。俺たちを見てなにが楽しいんだか」

「はは。そういえば〈逆鱗の〉。お前のことを広めたくて、シュヴァリエが相当力入れてるぞー」

「うわあ……やめろって言ったんだけどなあ」

そもそも、聞く奴じゃないけどさあ。

……そこでふと、アイザックが聞いてきた。

「なんの約束をしたんだ？」

「うん？」

「僕と〈逆鱗の〉の約束だからって、張り切ってたぞ」

「俺はしてないけど……。君の名前をあっという間に広めてみせよう！　とか一方的になー」

「それはまた……あいつらしいな」

「ハルト、可哀想〜……でも本当に有名にはなってるよね、ここでも〈逆鱗のハルト〉って気付かれてたし」

ボーザックが笑うと、アイザックも笑った。

……やっぱり兄弟に見えるよなー。

現実逃避である。

「顔は覚えられていなかったから、気付いたっていうより認識されたって感じよね」

ファルーアも妖艶な笑みで言った。

「うん……でもそれは〔白薔薇〕もそうだろ？」

俺は彼女に答えて、頬杖を突いた。自分の話題より〔白薔薇〕の話がいい……。

「そうだねえ。私たち、認識されたって感じだね！」

「いや、ディティアは認識されてただろうよ、もともと」

グランに突っ込まれてディティアが笑っている。自分の二つ名うんぬんより、彼女が楽しそうに笑ってくれるようになったな……って、そっちのほうがずっと喜べるんだけど。

「それで、〈閃光〉やほかのメンバーはどうしているのかしら？」

「シュヴァリエはしばらく不在だ。王都にはいるんだけどな。〈迅雷〉と〈爆炎〉はどっかで買い物でもしてんじゃねぇかな」

「あら、結構適当なのね」

「まあな！　……それより、遺跡調査のことなんだけどよ」

「お、なにかわかったのか？」

「いろいろと情報は渡せるぞ。……っと、その前に、正式に依頼を請けてこいよ。ここで待ってる」

「ああ、助かる。行くぞ」

俺たちは頷いて、長い列が伸びるカウンターに向かった。

「ニブルカルブで請けてくださっていますね。詳細情報はこちらですが……いちおう王都でも正式に請けていただくので、認証カードをお願いします」

仕事のできそうな眼鏡のお姉さんが対応してくれた。きびきびと書類をまとめ、俺たちが提出した名誉勲章を受け取ると、出した書類に指を添わせ、反対の手で眼鏡を直す。

「では、ここにパーティー名を……はい結構です。〔白薔薇〕……って、名誉勲章⁉」

おお。スムーズだったから感心していたけど、違ったらしい。

彼女は恥ずかしそうにごほんごほんと空咳をして、「申し訳ありません」と言った。

「光栄です、〔白薔薇〕の皆様。それから、〈逆鱗のハルト〉様。〈閃光のシュヴァリエ〉様から、その……ご伝言を承っております」

「ええ……？」

「せ、僭越ながら、お読みするように承っておりますので、少々お待ちください」

彼女はそそくさとその場をあとにして、奥に消えていった。

「うわあ、伝言だってさ、ハルト……」

ボーザックがちょっと引いている。

「これ、ハルトがここに来なかったら、どうしたのかしらね」

ファルーアも眉をひそめていた。

「読ませるの、ちょっと可哀想な気がするな、私……」

ディティアが呟くのに、俺は同意する。シュヴァリエからの伝言って、嫌な予感しかない。

小さなカードを持って戻ったギルド員は、変な汗をかいていた。

「あのさ、読まなくてもいいよ、それ……」

見かねて俺が言うと、眼鏡を直しながら眉をハの字にして、彼女は首を振った。

「〈閃光のシュヴァリエ〉様はこの町でも影響力があって……言われたからにはその通りにしたほ

うが、ギルドとしては安泰ですから。でも……うう、お気遣いありがとうございます」

「ああ……やっぱりギルド員も苦労してんだな」

「はあ、まあ。……では」

彼女は息を吸うと、いきなり声を張り上げた。

『やあ、冒険者の諸君！〈閃光のシュヴァリエ〉より伝言だ。ここにいるパーティー〈白薔薇〉は、彼の飛龍タイラント討伐の立役者である！僕の認めたバッファー、〈逆鱗のハルト〉がこの者だ。その名、顔を覚えておいてくれたまえ。よろしく頼む！』


しーーーーん。


静まり返るギルド。

冷めた空気が胃をぎゅっと掴んできたかのような痛みが込み上げてくる。俺は、自分が怒りか羞恥かで震えているのに気付いた。ディティアがおろおろと俺の背をさすっている。

あいつ、こんなのただの嫌がらせだろ⁉

「わははっ、ははっ、あー、災難だったな〈逆鱗の〉！　これでもあいつは本気でやってるから、笑って許せ！」

いたたまれない空気を壊してくれたのはアイザックだ。読んだギルド員も真っ赤になって涙目だし、可哀想すぎた。

アイザックの声につられるように、あちこちから笑いと、哀れみと、好奇の声が上がる。

「よっ、〈白薔薇〉ー！」

「〈逆鱗のハルト〉！　顔見せろー！」

野次も飛んで場が和んでいくが、俺はぷるぷるしたまま「申し訳ない」とギルド員に頭を下げる。

ギルド員は、緊張が解けたのか同じように頭を下げた。

「誰が対応することになるか、ギルド員皆で戦々恐々としていたんですよね……フフッ、いいネタ話ができました……失礼しました……。これで、依頼受注は完了です。書類をどうぞ」

覚えてろよ、シュヴァリエ……！


「そんじゃあ本題といこう」

アイザックは俺をたっぷり哀れんで——というか馬鹿にして——遺跡調査の話に移った。

「実は、俺たち〈グロリアス〉はいまのところ別々に動いててな」

しかも、いきなり衝撃的なことを言う。

「別々なんてことがあんのか？」

グランも不思議そうだ。

「ああ。ほら、大将があれだろ？　王都では別々になることが多いんだ」

「なるほどな、王国騎士団か……」

「そう。それで、俺と〈爆炎〉で遺跡調査をしているってわけだ」

「〈爆炎のガルフ〉と?」

ぴくりと反応したのはファルーアだ。俺は、ファルーアが腕を磨いたら二つ名をやってもいいって言っていた白髭の爺さんを思い返す。かつて地龍を屠ったという、教科書にも載っている人物だ。

「そうだ。〈迅雷〉は……正直よくわからん。あいつ喋らねぇから」

「ええっ、あの人、パーティーでも話さないの⁉」

今度はボーザックが目を見開く。

「結構有名だよ、ボーザック。〈閃光〉がいないとあんまり動かないって、聞いたことがあるもの」

ディティアがそれを受けて、言葉を返す。

「そーなんだよなぁ。だから遺跡調査は『私は待機しています』ってそれしか言わなくてよ……ま、いいんだけど」

「いいんだ……」

最後は俺が拾った。

「そんでな、資料があるだろ? そう、これだ。この地図は昨日更新された最新版だ。俺と〈爆炎〉でちょっとずつ回ってるが、ほかにも依頼を請けているパーティーが二組いる。そいつらは北を、俺たちが南を受け持っている状態だ」

地図を覗き込んで、俺たちは感心した。かなり細かい。北と南に分かれて行動していることがはっきりわかる、南北に長い地図だ。

「最初から地下都市だったのかはわからないんだが、今回、都市の天井部分が崩れたお陰で、地下に広がっていることが発覚した。その都市にあった建物の一部はもともと地上に出ていたんだが、その部分はすでに調査済みだったんだ。どういうわけか、地下と繋がる部分はいままで見つかっていなかったんで、今回大騒ぎになった。――ここだ、崩落部分から入れる」

アイザックが地図を指差す。

「あー、そんでな。〈疾風〉は知ってるよな、前に見つかった古代都市」

「はい、森の中のですね」

「そうだ。今回のは、それと同じ魔法都市だったみたいでな……罠が多いんだよ」

「あぁ……嫌な状況ですね」

「それをガルフ爺さんに手伝ってもらって消しながら、建物の調査をしていくんだけどな、骨が折れるのよ」

「そうなりますよね」

「そこで、だ」

アイザックは意味ありげににやりと笑う。

「協力、しねぇか？」

「あ、お断りします」

『ハルト！』

即答したら、ディティア以外の三人に怒られた。

「ははは、お前面白いな〈逆鱗の〉！」

「嬉しくないって……」

「安心しろー、なにも全員一緒に探索ってわけじゃねぇよ。実は北を回っている二組とも協力してんだ。そっちは三人とふたりのパーティーでな。もう一組が来たら、人数を分けて東西にも地図を延ばそうって話になってたんだよ」

「ああ、なるほど……そういうことか」

グランが納得して、背もたれに寄りかかり顎髭を擦った。

「十二人もいれば、東西南北を網羅できるだろ」

「報酬は？」

「今回は決まった額じゃなくて成果制だな。とりあえず地図を完成させれば金が出る。あと、遺跡内で見つけたアイテムは、よっぽどのもんじゃなきゃもらえるぞ」

「え。アイテムがもらえるんですか？」

ディティアが驚く。

「おう。前の森の遺跡内で見つかったのと同じようなもんが出てくる。だから研究用には必要ないから、使えるなら持っていけってよ。ただし、どんなアイテムを取ってきたかは申請がいる。研究に必要だと判断された場合はもらえないこともあるし、申請していないものを持っていたら罰金か、二度と冒険できなくなるそうだ」

「そうなんですか……ちょっと意外」

ディティアが頷くと、アイザックは親指大の小さな石ころを取り出した。紅くてルビーみたいだけど、中になにか……血管みたいなものが透けている。

「一例だが、これはそこから拾ってきた」

「これ！　魔力結晶じゃない！」

反応したのはファルーアだ。

聞き慣れない言葉に首を傾げていると、触ってもいい？　とファルーアがアイザックに頼んで、了解を得た。

「ほら」

彼女が手に乗った紅い石をこっちに差し出すと、その中にある血管みたいな部分が光った。

「ファルーア、これなに？　すげー綺麗なんだけど！」

ボーザックが顔を寄せて、まじまじと見詰める。

「魔力結晶は魔力をためることができる石なの。どうやって作ったのか、はたまた掘り出したのかは謎なんだけど……魔法都市の遺跡内ではたまに見つかるのよ。装飾品としても高価なのよね」

彼女は石をテーブルに置いたが、それは光ったままだった。

「魔法都市では、これを組み込むことで武器を強くしたり、生活に役立つものを動かしたりしていたんじゃないかっていわれているし、別の大陸では実際に使っている国もあるそうよ」

「すごい、夜にランプがいらなくなるな」

「これじゃあ足りないけどねー」

俺はボーザックと一緒に魔力結晶を触って感心していたけど、グランもディティアも知っているのか、あまり関心を示さなかった。

うーん、覚えてないけど、もしかして授業で習ってたのか？　……これって、バフとか入れたらどうなるんだろう。

俺は気になって、石をそっと摘んだ。ちょうどいいや、練習がてら浄化のバフにしよう。

……ビシィッ！

「うわっ、わ、わ」

石が真っ二つになって、からからとテーブルに落ちる。俺はさーっと背筋が冷たくなるのを感じた。

「わ、わ、ご、ごめん、アイザック！　ど、どうしようこれ、うわあ」

「あんた……なにしたのハルト？」

「いや、魔力をためるっていうから、バフを入れてみようかなって……」

「馬鹿なの？　この欠片じゃ入り切らないわ！……ああ、勿体ない」

「そうなのか⁉　……アイザック、さん。すみませんでした……これ、高い？」

頭を下げる。アイザックは堪えられなかったのか、笑い出した。

「お前、やってくれるな！　あー、ほんと飽きないわ！〔白薔薇〕のリーダー、これじゃ、協力は断れないよな⁉　ははははっ」

グランは手を額に当てて、息を吐いた。

「断るつもりもねえけど……これじゃ締まらねぇなあ」

「よし、なら、それでチャラだ。石はまだ持ってるしな！」


「……ハルト」

「はい、グランさん、まじですみませんでした」

「わかってるならいい。弁償とかいわれたら、小遣いから差っ引くけどな」

「はい」

グランは肩を落とした俺を、笑ってぶっ叩いた。

「ま、いいじゃねーか！　今回は対等なパーティーだ。俺たちはもう、前みたいに無名じゃねぇし。明日に備えて各自好きに過ごせ。宿屋集合な、解散！」

あとの二組を紹介するってことで、明日ギルドに集合することになった。まだ日は高かったし、俺たちは宿を取って、久しぶりの王都を満喫することになったのだ。

グランは宿で大盾を磨くらしいし、ボーザックは食べ歩きをしてくるらしい。ディティアとファルーアは商店街を回るとのこと。

俺は、前に来たときに気になっていた本屋に行くことにした。

商店街の一角にその本屋はある。ひっそりした裏路地で、こぢんまりとした造りだけど、並べられた本のなかにバフに関するものが多くあって、すごく興味があったのだ。

本屋はちゃんと残っていて、潰れていなくてよかったと思いながらほっと息をつく。俺はその本屋の扉をそっと押した。

――俺の視界に広がったのは、俺の背より高い本棚。鼻をくすぐるのは古本の香り。静かな、ひっそりした空間。……結構好きな雰囲気だ。

俺は迷わずバフの本が並ぶ一画を目指す。

小さな本屋には、カウンターに分厚い眼鏡のお婆ちゃん、あとはお客がもうひとりだけだった。

そういえば、俺がずっと読んできたバフの本の著者って、ほかにも本を出してるのかな。

俺は思い立って、バックポーチからボロボロの本を引っ張り出す。

えっと……著者の名前は……。

ぱらり、とページを捲ったときだった。

どんっ……！

「おあ」

俺の手から、ばさりと本が落ちる。

「あっ、これはこれは！　申し訳ありませんね」

ぶつかった男性が俺より先に本を拾い上げてくれたが、表紙と中身がぽろりと分離してしまった。

ばらばらーっと広がるページたち。

「あ――あぁっ⁉」

　俺は思わず叫んでしまった。

「これは……」

　拾い上げてくれた、ものすごく優しそうなおじさんは、床に散らばった本を呆然と見ている。

　俺はあまりに呆けているおじさんに、叫んで悪かったかもと思って取り繕った。

「あ、いや、ごめんなさい。使い古してたから……」

　俺が慌ててしゃがみ込み、散らばったページを拾おうとしたとき。

　がしり。

　掴まれた。……腕を。

「君、バッファーなのかい？」

「えっ？　……あ、え？　はい、そうです、が？」

　ものすごく包み込まれている。……手を。

　おじさんは丸眼鏡で、その髪も瞳も優しそうな琥珀色だった。

　だけど、なんだこれ？　俺は驚いて固まってしまう。

「こんなに使い古したこの本、僕は見たことがなくて……いま、とても感動していたんだ」

「あ、そう、ですか……」

　やっとのことで答えると、おじさんは微笑んだ。

「……嬉しいなあ、こんなこともあるんだね。……これをどうぞ。新装版で、追加バフも記載してあるんだよ。あと……そうだ、嬉しいかわからないけど」

おじさんはようやく手を離すと、バックポーチから、バラバラになってしまったものと同じサイズの本を出し、最後になにか書き込んだ。

「……えっと？」

ぽんと渡された本――それは確かに、前のより厚いバフの本だった。

おじさんはにこにこしたまま、使い古してバラバラになった俺の本を掻き集め、呆然としている俺に笑顔で会釈すると、両手にそれを持ったままいなくなってしまった。

……優しくてゆったりしているのに、なぜか嵐のような時間だった。


「で、その本がこれ？」

宿に帰った俺は、皆にそのことを話した。ボーザックが本をぱらぱらと捲る。横から覗き込んでいたディティアは、最後のページが開いた瞬間に、飲んでいたお茶でむせた。

「んぐっ、……げほげほっ、わ、わあーー!?」

それに驚いて、ストレッチをしていたグランが寄ってくる。

「あ？　なんだ？　どうした？」

その、最後のページにあったのはサインだ。……そういえば、なにか書き込んでいたっけ。

「ぶっ、ちょ、ちょっと！　ハルト！　あんた……馬鹿なの？」

ファルーアも本を覗いてから「信じられない！」と言い出す。

「ええ？　だから、なんだよ？」

「ハルト君。これ……〈重複のカナタ〉さんのサインだよ⁉　この本の著者も〈重複のカナタ〉さん！」

ディティアが叫ぶ。

——え、〈重複〉？

俺は目を見開いた。

「ええ⁉　あのおじさんが有名な〈重複〉⁉」

「うわあ、その場でサインの確認もしなかったんだ、ハルト……」

「いや、ちょっと放心してたしさあ」

「ほんと、あんた馬鹿ねぇ……」

「ある意味すげぇな。しかもお前、知らずにその本読んでたんだろ？」

「う……そうだけどさあ」

俺はサインをまじまじと眺める。

〈重複のカナタ〉……崩した文字だけど、しっかりと読めた。

ざわざわしたギルドの中の、奥まった場所にある一室。

次の日、アイザックが気を利かせて、レンタル制の部屋を確保してくれていた。

普段はパーティーリーダーが報酬について相談したり、ギルド員がディティアのような冒険者を呼び出して依頼を頼んだりするのに使われるらしい。勿論、俺たちが使ったことはない。

部屋には俺たちと〈祝福のアイザック〉のほかに、今日は〈爆炎のガルフ〉がいて、あとは男女ひとりずつのふたり組パーティーがいる。いまは最後のパーティーを待っているところだ。

俺は昨日のことがかなりダメージになっていて、ぼーっと本を眺めていた。

俺と同じ、バッファー。ふたつまでらしいけど、重ねがけができる有名な冒険者。……ちょっとはバフの話とか、してみたかったなぁ。

「〈逆鱗の〉、どうしたぼーっとして？」

突然アイザックに話しかけられたが、頭がついてこない。

「あー、うんー」

結果、適当に答えた。

「ハルトはいまねー、傷心中なんだよー」

代わりにボーザックが答えてくれた。傷心ってのはまた、違う気もするけど。

「ふーん？　おい〈疾風の〉、〈逆鱗の〉のなにが駄目だったんだ？　俺が伝えてやるぞ」

「……ッッ!?　あ、アイザックさん！　やめてください、違いますから！」

ディティアが真っ赤になって反論するのを眺めて、ちょっと和む。

「ディティアは可愛い反応するよなあー」

ぼやーっと口にすると、彼女はさらに赤くなって怒った。

「は、ハルト君は黙ってて⁉」

ボーザックがアイザックに、

「こういう無神経なところだよ、きっと」

と言っているのが聞こえる。

ちなみに、ファルーアとグランは〈爆炎のガルフ〉となにやら話し合っているようだ。

……そこへ。

「遅くなったわ！」

「……すまない」

「いやー、遅くなりました。すみません」

入ってきたのは三人組。

ひとりは気の強そうな、肩にも届かない赤髪に真っ赤な眼の女性。鍛えられた腹筋がほどよく割れているのを、惜しげもなく晒している。武器は、背中に背負った大きな……あれは剣、なのかな？

楕円形のそれは、ともすれば大盾にも見える。

もうひとりは話すのが苦手そうな色黒の男性。視線は誰とも合わせずに居心地悪そうにしていて、人見知りなんだろうと予想した。こちらも赤髪に真っ赤な眼。この人は鉤爪が武器のようだ。

そしてもうひとりは……。

「おやあ？　君は！」

「……っ！　うわ、〈重複のカナタ〉……さんっ⁉」

俺は反射的に立ち上がった。

琥珀色の髪と眼に、丸眼鏡の柔らかい雰囲気のおじさん。〈重複〉の二つ名を持つバッファーがいた。

この本の著者とわかった時点で、俺の中では先生のような存在になっていたみたいだ。自分でもちょっと驚いた。


「へえ、君があの〈逆鱗のハルト〉君だったんだね！　会えて嬉しいよ～。それから〈疾風のディティア〉さん。久しぶりだねぇ」

柔らかい空気が部屋中に満ちる。ディティアは頬を緩めて握手を交わしていた。

「聞いたよ、とてもつらかったでしょう。なにもしてあげられないけれど、せめて君の仲間のために祈らせてね」

その手を包み込み、ディティアに微笑む姿は慈愛に満ちていて、なんだか神々しい雰囲気だ。拝みたくなる。

「なんだ〈逆鱗の〉。もう知り合いだったのか。驚かせてやりたかったんだが」

「いや、もう十分驚いたよ……言えよなー」

「あのね、アイザック。ハルトの傷心相手がカナタさんなんだよ」

「……は？　お前そういう趣味か……？」

「おい、ボーザック。誤解を与えるようなこと言うなよな……」

「あははっ、ハルト。元気出たね！」


「僕は〈重複のカナタ〉、バッファーです。彼はトロント。彼女はカルア。僕の妻で、トロントの姉です」

「妻ぁ⁉」

グランが珍しく突っ込む。

「そうだよ、よろしくね、坊や」

うはあ。グランに坊やとか言っちゃう人、見たことないわ。

グランは、はあ、と頷いたけど、不躾な視線を送って、口を開いた。

「……失礼だけど、カルアさんは……」

「女性に歳を聞くのかい？」

「あ、いえ、すんません……」

ぶはっ。

俺が吹き出したら、後頭部をガツンとやられた。隣でボーザックも笑って、同じ一発を食らう。

だけど、うん。グランの反応が面白すぎたから、仕方がないと思うんだ。

「ふふ、綺麗でしょう？　僕の自慢の妻ですからね。そして、こちらのふたり組は一緒に遺跡調査を行っていた、クロク君とユキちゃんです」

「あの、よ、よろしくお願い……します」

「お、お願いしますっ」

おおー、なんか初々しいぞ。萎縮しているふたり組に、俺は微笑む。

「そんなに固くならないでいいよ。俺もすげーメンバーがいすぎて、そわそわしてるしさ」

思わず話しかけると、ふたりはますます身をすくめた。

「そんなっ、あの、パーティー〈白薔薇〉と〈逆鱗のハルト〉さんのことは、よく聞いてますから！」

「あー……そう来るかー……、っいて！」

ファルーアに殴られた。

「ごめんね、うちのお馬鹿さんが。私たちもまだ実感なんてないわ、だから逆に申し訳なくなっちゃうし、楽にしていいてね」

そっか。俺たち、やっぱり結構知られてきてたんだなあ……ファルーアの言う通り、実感……はそんなにない。

グランとファルーアの一発で痛む頭をさすっていると、見かねたのかボーザックがにこにこと話し出した。

「俺はボーザック。君たちいくつなのー？　認証カードは持ってるみたいだけど、雰囲気が若いよねー！」

「えっ……と、自分は二十一です。ユキは二十で、冒険者を始めて一年、です」

さすがというかなんというか。こういう、警戒心を緩めて親近感を持たせるような話し方は、俺には難しい……。ちょっと見習うべきかなぁ。

「おお！　一年で認証カードか！　すごいね、俺たち〔白薔薇〕は二年かかったよー。あ！　ディティアは別ね、なんと半年だって！」

……しかも、いつの間にそんな情報を得てるんだよお前……。

ディティアは急に話題に巻き込まれて、クロクとユキにぺこぺこし始めた。

「あっ、えっ？　私？　ああっ、クロク君、ユキちゃん初めましてっ、ええと、ええと……あの、恥ずかしいんだけど、〈疾風〉と、呼ばれてます」

クロクとユキもこの対応に驚いたようで、慌てて同じようにぺこぺこする。ディティア、俺でもそれが可哀想なのはわかるぞ……。

「し、〈疾風のディティア〉さんっ、うわあ、ユキ、どうしよう」

「く、クロクっ、ああっ、ほら頭下げてっ……！　あの、あの！　よろしくお願いします！」

「あっ、こちらこそっ」

ぺこぺこ。ぺこぺこ。

「やめてやろうぜ、初心者いじめは」

遠巻きに、グランが呟いた。

カナタさんとカルアさんは、微笑ましくてたまらない様子で見守っていて動かなかったけど、トロントさんは窓の外を眺めて我関せずだった。


「自分たちは、半年前に、魔物に襲われているところをカナタさんとカルアさんに助けられて、それで一緒にここまで来ました。だから認証カードも、おふたりに手伝ってもらいながら取ったんです。おふたりから、パーティーは自立するように言われていたので、いまでもユキと僕のふたりのままですが、実際はずーっと一緒だったので四人パーティーのようなものでした……」

少し雰囲気に慣れたのか、クロクはようやく普通に喋り出した。

茶色い髪に茶色い眼のクロクとユキは、同じ村の出身らしい。王都に向かう途中で魔物と戦闘になって、苦戦しているところをカナタさんとカルアさんに助けられたそうだ。そのあとに途中の町で依頼をこなし、認証カードを得て、晴れての王都だと話してくれた。

ふたりは、クロクが長剣、ユキはメイジという、ふたり組に多い組み合わせだ。けど裏を返せば後衛を補助する手段がなく、メイジが狙われると苦しくなる。特に複数の魔物との戦闘ではきついんだよな。

たまに近接も強いメイジがいるんだけど、ふたり組のパーティーに特化してるんだと思う。ちなみに、トロントさんは王都在住のため、ここで合流したらしい。

「……なるほどねー、大変だったんだねぇ」

ボーザックはすっかり打ち解けた様子で、あれやこれやと話し始めた。数分はそんな感じだったんだけど、アイザックが「そろそろいいか？」と皆をまとめる。

「あっ、はい！　すみません〈祝福のアイザック〉さん」

……〈祝福〉ねぇ、どう見てもカナタさんのほうが〈祝福〉っぽい見た目だよな。

クロクが姿勢を正して返事をするのを聞きながら、俺はどうでもいいことを考えていた。じろじろと眺めていると、アイザックが眉間に皺を寄せる。

「〈逆鱗の〉。お前の思ってることが筒抜けなんだが？」

「あれ？　そう？」

わざとらしく顔を触ってみると、アイザックは笑った。

「まあ、俺も思ってるから構わん。最初の頃はどこでも二度聞きされたしなあ……。けどな、〈逆鱗〉よりは納得いってる二つ名だぞ？」

「うぐっ、ブーメランにするなよな！　……けど、そうだよな。〈祝福〉は役目にはぴったりだし？

そう考えたら俺ってなんなんだ……？」

バッファーと逆鱗に結び付きなんて考えつくわけがない。俺はため息をついてテーブルに突っ伏した。

ひんやりした表面はつるつるで、意外と気持ちいい。

「それじゃあ、本題に移る」

そんな俺を華麗にスルーして、遺跡調査の打ち合わせは始まった。


「こんな感じか」

アイザックがペンを置く。

どうでもいいけど、めちゃめちゃ綺麗な字で若干引いた。いや、すごいんだよ？　すごいし、綺麗なのは素晴らしいと思うんだけど、厳つい巨躯のとげとげしい杖のこの人が！　ってなる……だろ？

俺はあれこれ思いながら、紙を覗き込む。東西南北、四つの隊に分けられた総勢十二名。内訳はこんな感じだ。

北に、クロク、ユキ、トロントさん、〈疾風のディティア〉。

東に、グラン、ファルーア、〈爆炎のガルフ〉。

西に、ボーザック、〈祝福のアイザック〉。

南に、カルアさん、俺、〈重複のカナタ〉さん。

俺とファルーアに関しては、名高いベテラン冒険者についていろいろと学べ！　っていう配慮をしてくれたんだ。バッファーふたりのパーティーとか聞いたことないんだけど、すごくありがたい。

「あははぁ。楽しみだねぇ、ハルト君」

やわーっとカナタさんに言われて、俺ははっとした。

「あ、はい、よろしくお願いします」

「うわー、ハルト、別人みたいだねぇ」

「う、うるさいぞ、ボーザック」

しっしっと手を振ると、ボーザックは楽しそうに笑う。

まだ日も高くなるところだし、このあと早速出発するらしいけど……その前に。

「そんじゃ、とりあえず飯にしようぜ」

グランが言って、全員が賛成した。

……よし、なんか気合い入ってきたぞ。

「ハルト君、頑張ろうね」

拳を握っていた俺の肩を、ディティアがぽんと叩いた。


俺たち〔白薔薇〕の、ディティアを除くメンバーは初めて遺跡調査依頼を請けた。

古代の遺跡はこの国だけでなく、各国で見つかっている。大きく分けると、二種類。魔法都市と呼ばれる、魔力を利用して生活していたと思われるもの。もうひとつは、単に古代都市と呼ばれる魔力の痕跡があまりないものだ。

このふたつは繁栄していた時期が同じ頃とされている。けれど滅びた理由がわからず、遺跡調査の専門家たちは、歴史を紐解く瞬間を夢見ながら日夜調査に励んでいるそうな。

調査の順番としては、まずは今回のように地図の作成と大まかな危険の除去……罠とか、魔物とかだな……を冒険者が行う。

お金持ちの調査員になると、ギルドを通して護衛を依頼し、この時点からわくわくとしながらついてくるらしい。勝手にふらっとものに触れたりするので、すごく危ないんだよ、とディティアが教えてくれた。

勿論、ギルドでは依頼があった際に細かく規約を設けているらしいけど、好奇心で忘れちゃうんだってさ。守る側としては迷惑このうえない。

……そうして、大まかな地図が作られ、危険度が判明すると、専門の調査員たちがそれ相応の準備をして、調査を開始するって流れだ。


俺たち総勢十二名は、今回の調査対象である魔法都市の遺跡に到着した。

王都からは徒歩四十分程度のため、観光気分で訪れる冒険者は結構いたらしい。いまは調査のために封鎖しているそうだ。レイスもいるって書いてあるし、観光にはちょっと危険すぎるもんな。

最新の地図では、南北に歩いて二十分くらいの広さまで調査できている。建物の中も見て回るので、一日ではほとんど広げられないってのはアイザック談。

しかも、崩落した箇所からしか光が入らないので、基本は真っ暗だ。だから、危険を知らせる合図には、魔法が使える場合は発光する魔法を上に投げて対応すると決めてあった。……とはいえ、建物で見えない可能性も捨て切れないんだけどさ。

ちなみに、ユキ、ファルーア、〈爆炎のガルフ〉、〈祝福のアイザック〉が発光する魔法を使える。俺たちバッファーふたりは肩身が狭いんだけど、カルアさんが小さい爆弾を持っているので、それを投げることでまとまった。

……爆弾、普段なにに使うんだろうな……。

崩落した場所は、建物に繋がっていた。地面と一緒に建物の天井が崩れたらしく、下りるための縄梯子の先は広間になっている。鼻をつくのは苔とほこり、そして濃い土の臭い。淀んだ空気は、長い間ここに留まっていることを示していた。

建物自体は、すでに壁が崩れてボロボロ。日の光が差し込んでいて、すぐ近くは見回せる。

見える範囲で、全方向が下りになっていることから、ここら辺は地表に近いようだと推測できた。

この位置でも天井はそれなりに高く、グランがふたり縦になって腕を伸ばしても、届きそうにない。

端っこは、満ちた暗闇の向こう側で、確認できなかった。

これ、進んでから合図しても、向かい側のメンバーには伝わらないかもしれないなあ。俺の向かい側ってことは、ディティアのいる北側だ。正直、東西も怪しい。まあ、合図はやらないよりはマシだろうな。なにかあったときに使えるように、頭には入れておこう。

「それじゃあ、お互い気を付けていこう。暗くなる前にはまた集合するぞ。夜はレイスが活発化するからな」

アイザックの号令で、それぞれ出発。

気を引き締めないと、と思う反面、カナタさんに聞いてみたいことをいろいろと考えてしまう。

すると、

「基本的なバフをハルト君にお願いしてもいいかな？　好きにかけてくれて構わないから」

いきなりカナタさんが話しかけてきた。

「うあ、はい！」

とりあえず、隠す必要もないので、カルアさんに五感アップと浄化のバフを、俺とカナタさんには反応速度アップと速度アップをかけた。

「……ハルト君は、ひとりひとりにそうやってかけるのかな？」

「えっ？　はい、違うバフを選んで調整するんで」

「あー、そうじゃなくて……ああ、そうかあ。ふふ、ハルト君、いいもの見たくないかな？　見たいよね？」

カナタさんは、嬉しそうな顔をして軽く右手を上げた。

「速度アップ」

「……ッ！」

俺は、きっと目をまん丸にして固まっていたと思う。

……俺の速度アップバフが上書きされて、同じ速度アップがかかる。だけど、それだけじゃなかった。

恥ずかしいことに、これはまったくの想定外だったんだ。

「え、嘘……だろ、え、カナタさん、いま、同時に……？」

速度アップが、俺とカナタさんを同時に包んだのを、俺は見てしまったのだ。

「ふふふ、その通り。僕は範囲バフができます」

……！

頭を殴られたみたいな衝撃だった。範囲で一気にバフをかけられるだなんて、そんなの聞いたことがない。

「ち、〈重複〉よりもよっぽどすごいことなんじゃ……」

思わず言ってしまって、失礼だったかもと思い、慌てて謝ろうとしたら、先にカナタさんが笑った。

「ううん、範囲バフは……あのね、よく聞いてね。範囲バフは、いつも使うバフをね、傘を広げるみたいな形にして皆に被せるイメージなんだ。ハルト君が読んでてくれたあの本には、手元で練ることから始めてねって書いたけど、それの応用編だね。いうなればバフのかけ方の中級だよ！」

ああ、なるほど。そういうことなんだ。

「じゃあ安定した時点で、平たく伸ばして広げる感じですか？」

とりあえず速度アップのバフをイメージしてみる。

……んん、大きく広げるのは難しいな……。渦……みたいにするのがいいのかな。

手の上で試行錯誤していると、カナタさんは急に「はぁ～」と、ため息をついた。……ため息っていうか、うっとりに近い感じだ。

「ど、どうしました」

思わず手を止めると、黙って先導してくれていたカルアさんが振り返った。

「ははっ、〈逆鱗のハルト〉だっけ？　……その人さ、バッファーをもっと増やすために、学校を設立して先生になりたいんだよ」

「ああ、カルア。人の夢を簡単に話してはいけませんよ！　……すみません、ハルト君。その通りで、君が僕の言葉だけでそこまで理解してくれたことに感動していました。君は優秀ですね」

本当に嬉しそうに言うので、なんだか照れてしまった。しかもさらっと褒められたし。

ん、待てよ。俺はいつもディティアを褒めてるけど、もしかしてディティアって普段こんな気持ちなのかな？　まあそれならいいか。

俺はすぐに気を取り直して、カナタさんを見た。

「俺にはこの教科書があったからここまで来られたので……先生みたいなものでしたよ、ずっと」

著者が誰か知らなかったなんて、口が裂けても言えないけど、そっと胸にしまっておこう。

「ああ！　聞きましたか、カルア！　僕の生徒一号です！」

「はいはい、よかったねぇ。〈逆鱗のハルト〉、カナタの本はわかりやすかったのかい？」

「え？　あ、はい。俺には相当ぴったりきました。ほかのは間怠っこしいというか……ちんぷんかんぷんだったんで……。あとカルアさん、よかったらハルトって呼んでもらえます？」

〈逆鱗の〉、〈逆鱗の〉、と連呼されると、嫌な奴を思い出す。カルアさんは不思議そうな顔をしたけど、承諾してくれた。

「わかったよ、ハルト。これでいいね。……この人の本さ、わかりにくいって言う人が多くてねー、だから昨日ボロッボロの本を持って帰ってきたとき、見たことないくらいにはしゃいでいたんだ。礼を言うよ」

「ああ！　カルア！　そういう恥ずかしい話は、もっと人に話してはいけませんよ！」

カルアさんは、はいはいと適当な返事をして、ゆっくりと歩みを止めた。その体がぼんやり銀色に光っているので、明かりと目印のような役目も果たす。

「さてと、地図はここまでだ。そっちもいったん気を引き締めとくれ」

「はい！」

……暗い路地だった。建物はどれも四角く、土を固めた壁だ。屋根……というか屋上？　に出られるような造りになっている。

カルアさんは右手に持っていた武器を、ひとつの建物の玄関に向けて一振りした。

……やっぱりあれ、剣なのか？

すると、ガアンと音がしてドアから火が噴き出した！

「おおっ⁉」

　びっくりして飛びのく。

「あ、ハルトはこの罠は初めてか。侵入防止の罠みたいでねー、どの家にもだいたいあるんだよ。邪魔だから壊してる」

　俺は慌ててカルアさんの五感アップを、肉体硬化に書き換えた。目の前で光とかが弾けたら、しばらく見えなくなってしまうかもしれない。

「ハルト君、ハルト君。こういうときは魔力感知のバフをかけるといいよ」

「魔力感知……？　すみません、俺まだ覚えてないです」

「そうかあ。確かに使いどころがほとんどないからね！　こういう遺跡内部では重宝するから、練習するといいよ。僕も手伝うよ」

　カナタさんは浮き浮きした様子で、魔力感知の範囲バフをかけてくれた。

　やっぱり、自分のバフじゃないと上書きになってしまうのか、はたまた三個目だからか、俺たちの速度アップとカルアさんの肉体硬化が上書きされる。

　……あとで実験させてもらおう。そう思って、意識を切り替える。

　——その魔力感知バフは、不思議な感覚だった。なんていったらいいか……いろいろなところに魔力の流れみたいなのを感じるっていうのかな？

　隣の建物をちらっと見ると、扉部分に濃い塊のようなものが見えた。なるほど、あれが罠か。

「見える？　ハルト君」

「はい、わかります」

「よしよし」


俺たちは二軒の調査を終えて、もう一軒だけ調べようという話になった。午後になってから着いたので、あまり時間がなかったのもある。

ただ……。

「うーん。このでっかい建物はちょーっと嫌な気がするね」

カルアさんがふんと鼻を鳴らす。

目の前にそびえるのは、ほかの建物よりもかなり大きなものだった。カルアさんの放つ浄化のバフの光だけでは、端までは見えない。

ただ、魔力感知によって、かなりの魔力がこの建物に集まっているのがわかってしまう。窓だったはずの場所から見える屋内は、なにもかも吸い込んでしまいそうな闇。魔力の流れがそれをさらに際立たせて、不気味さが増していた。

「……さて、カナタ。どうする?」

「そうだねぇ……この魔力の流れはちょっと嫌な感じだね。とりあえず外側をぐるっと一周して、どこかのメンバーと二組くらいで来たほうがいいかもしれない」

俺も同意だった。カルアさんは頷くと、じゃあ行こうと言って建物に沿って歩き出す。……神経を研ぎ澄ませ、慎重に。


途中で大きな扉を見つけた。魔力の塊みたいなものがぐるぐると回っている。かなり強力な罠みたいだ。

「……扉、強力な罠付き、と」

カナタさんが情報をメモするのを確認しながら、俺は周りへの警戒を怠らないように気を付ける。

建物の端まで来ると、壁が崩れていた。ぼんやりと発光するカルアさんがその近くに立つと、その惨状が見て取れる。

「……なにかねぇ、これ」

壁に大きく開いた、穴。それは、自然に壊れたようには見えなかった。

「明らかに、壊されたって感じですね」

カナタさんが囁くと、カルアさんは少しだけ穴に近付いた。うっすらと屋内が見える。……なにか、たくさんの棚が並んでいるようだ。

けれど、穴の正面、直線上にある左右の棚は、無残に薙ぎ倒されていた。

――まるでなにかが通った跡。

「ハルト君、五感アップと速度アップをかけます」

突然、カナタさんが小声で早口に言って、さっと手を上げた。俺たちのバフが書き換わり、カルアさんの体の光が消える。

魔力の流れも掻き消えたけど、代わりに……ぞわぁっとうぶ毛が逆立った。

……なにか、いる。

この建物の上のほう。五感で感じたというよりは、第六感ってやつかもしれない。

「下がりますよ、カルア」

「……あぁ。そうしようかね」

その『なにか』は、俺たちに気付いているのかもしれない。壁を突き破って、目の前に飛び出してくるかもしれない。

心臓がばくばくする。

バフで視力が上がっていても、お互いの影が少しだけしか見えない真っ暗な状況のなか、俺たちはそこを離れた。

——飛龍タイラントのときよりも、全身が冷えている。俺は、体が震えるのだけは、なんとか堪え切った。

崩落した場所。

日の光は大分傾いて、ほとんど差し込んではいなかった。それでも明るいから、戻ってきたときにはほっとしたけどな。

早めに戻ってきたからか、ほかには誰も戻っていない。俺は崩れた岩に腰を下ろして、ため息をついた。

「はあー……ヒヤッとした」

「ははは、あれはちょっと嫌な感じだったねぇ！」

カルアさんは豪快に笑う。さすがっていうか、全然堪えてないんじゃないだろうか。

カナタさんも腰を下ろして、背負っていた荷物から水筒とコップを出した。

「ふうー、緊張しましたねぇ」

緊張感なんて感じない落ち着いた声。こぽこぽと注がれた液体から、湯気が立ち上る。

「はいどうぞ、ハルト君。カルアも、お茶にしましょう」

この夫婦、鋼の心臓なんじゃないだろうか。

俺はお茶を受け取って、いたって普通の調子に戻ったふたりを見ながら、戦慄を覚えていたのが馬鹿らしくなってきたのだった。

「あ、早いねー、ハルト君！」

暗がりから、ディティアたち北回りのメンバーが姿を現した。

皆が来るまで、カナタさんに魔力感知のバフを教わっていた俺は、形になりつつあるそれを一度掻き消す。

「おかえり」

声をかけると、ディティアは微笑み、クロクとユキがぺこりと頭を下げる。トロントさんは視線を合わせずに会釈した。

……このパーティーでなんか話とかできるのかな？

「トロント君、まずは挨拶からです。ふぁいと！」

謎の声援をカナタさんが送るので、俺は笑ってしまった。

そうこうしている間に、タイミングを合わせたように東西組も帰ってきた。

明日から本腰を入れるので、今日は以前から地表にあった上の遺跡で野宿することが決まっている。俺たちは地上に上がって、準備を始めた。

……報告はそのあとだ。

「なにか大きなものがいた、か」

〈祝福のアイザック〉は、腕を組んで考える素振りを見せた。

ほかのメンバーは問題なく調査を済ませていたから、ちょっと……いや、かなりほっとした気がする。

「俺と〈爆炎〉が南を調査していたときは、変な気配はなかったな。そのでっけー建物の近くまで調査していたが、物音ひとつ感じたことはねぇよ」

「そうすると、そいつが移動したのが最近なら、昨日か今日ってことじゃな」

〈爆炎のガルフ〉が白髭を撫でる。

ん、そういえば声を聞いたのは久しぶりだな。……気持ちに余裕が戻ってきた俺は、あれこれと思案しながら聞いていた。

「どんなもんかわからねぇと対処できないしなぁ……よし、明日はそこの調査といくか」

「万が一のときのために、残しておく部隊もいるだろうよ」

アイザックが言うと、グランが話に入る。ふたりと〈爆炎〉、ファルーアがそこに加わって、作戦を練り出した。

「カルアさんは行かないのか？　……のですか？」

「ははっ、ハルト、丁寧語は面倒臭いだろ？　気にしないでいいよ！」

カルアさんは豪快に笑うと、ふう、と息をついた。

「あたしは……ああいう頭を使うのが苦手なんでね」

「ああ、なるほど」

「おや、ああなるほどって、なんだろうね」

ますます笑うカルアさんは、なんていうか健康的で綺麗だと思う。飾らず、等身大で、格好いい。

その隣でカナタさんが、おっとりと微笑んだ。

「カルアは、それでも戦闘能力と戦闘の嗅覚に優れています。とても優秀なんですよ、ハルト君」

「おい。カナタも、あたしを獣みたいに言うんじゃないよ……」

夫婦仲もとてもいいのがすごく伝わるので、俺は笑ってしまった。

「おいハルト、当事者なんだから、代表して手伝えー」

「え、俺？」

突然グランに呼ばれ、俺は立ち上がった。正直、俺も頭を使うのには向いてないと思うんだけど。

「あんたは向いてるよ、よろしく頼むよー」

……え。

心を読んだかのような言葉をカルアさんが投げてきたので、俺は読心のバフとかあるんじゃないかと、不安になったのだった。


結局、翌日はトロントさん、クロク、ユキを除く九人で建物に向かうことが決まった。残ってもらう三人には、日付が変わる頃になっても誰も帰還しなければ、急ぎギルドに報告してもらうってわけだ。

それだけ人数がいれば、あんな戦慄を味わうこともないだろうし、俺にとっては安心材料だ。

皆で食事をして、その日は早々に休むことにする。

もともと地表に出ていた遺跡には、調査のためにテントや簡易的な寝床も用意されていたので（〔グロリアス〕とカナタさんたちで作ったらしい）、快適な野宿だった。

お風呂はなかったけど、ファルーアが水を出してくれるので、それを使って体を拭くくらいはできる。……実際には水魔法を鍋にぶちかますから、水が飛び散るんだけどな。

明日は、日の出とともに調査開始だ。


「では、本領発揮といきますよー」

カナタさんが魔力感知と五感アップの範囲バフを重ねる。〔白薔薇〕のメンバーは初めてだったので、大いに驚いていた。

そうだろう、そうだよな？　すごいことなんだぞ！　範囲バフは！

にやにやしていると、ファルーアが俺の足を踏んでくる。

「あんた、にやけているけど、これ、できるようになるんでしょうね？」

「いてっ、が、頑張るよ」


問題の建物の傍にくると、やっぱり魔力の流れが集まっていた。それと、ぞわりとうぶ毛が逆立つあの感覚もある。

……今日は、アイザックの作る光の球があたりを照らしていて、結構明るい。敵にも見つかりやすいが、真っ暗闇で不意に襲われるよりはましだ。

「……いますね」

ディティアが建物の上を見て、目を凝らしている。勿論、なにも見えないのだけれど……ありとあらゆる窓を確認せずにはいられない。それくらい、強烈な存在感なのだ。

「ふん、いいじゃねーか。叩き潰すぞ」

アイザックがとげとげしい杖を振る。

「いや、あんたヒーラーだろうがよ」

「おお、そうだった！　じゃあ任せたぞ、グラン」

「はっ、言われなくても」

いつの間にか意気投合したふたりが腕を突き合わせる。どうでもいいけど厳つい……。厳ついぞ、ふたりとも。

俺たちは崩れた箇所から建物内に踏み込んだ。

先頭をグランとカルアさん。ボーザックがそのあと。俺とディティア、カナタさんが続いて、アイザックを挟んで〈爆炎〉とファルーア。

倒れた棚から落ちたと思われる瓶が砕けて散乱している床を、慎重に進む。

床には瓶の中身らしき草だか実だかと、書類もあった。見たことがあるような、ないような文字で、俺にはさっぱりだ。

「ここは……治療所かなんかかもな」

「そうなのか？」

呟いたアイザックに俺が聞き返すと、「たぶん」と頷いた。

「散らばってんのは薬草の類《たぐい》だ。あとその辺の書類に治療法っぽい綴りがある」

「えっ、その変な文字、読めるのか？」

「古代文字の一部はヒーラーの教科書にも載っていたからな」

「なにに使うんだそんなの……」

「治療についての用語なんだよ」

ふうん。

「けどさー、こんなに紙とかをそのままにして、ここの住人はどうしちゃったんだろうねー」

ボーザックがきょろきょろして戯けてみせる。けど、その額に汗が滲んでいるのがわかった。

やっぱりこの存在感、感じてるんだな……。

少し進むと、廊下に出る。入口と思われる大きな扉があるほうへと移動しながら、各部屋を確認した。どの部屋にも、机、椅子、アイザックが正しいなら、薬品類の入った棚が並ぶ。

どれも古ぼけてかなり傷んでいるけど、こんなにたくさんのものや書類が残されているのは、滅多にないらしい。

「状態がいいねぇ、この建物」

「そうだねぇ、ほかの小さな建物は中も散らかってたけど……ここの人たちは落ち着いて閉鎖したのかもねぇ」

カルアさんとカナタさんが感想を述べる。

やがて、広間に出た。ここが強力な罠の張られている扉……入口の内側だろう。

正面にはカウンターがあって、左右にソファが並べられている……受け付けみたいなものだったのかな。

そして、カウンターの左右には大階段が。

……この上か。

「さあ、こっからが本番だ。気ぃ抜くんじゃないよ！」

カルアさんの声に俺たちはゆっくりと頷いて、階段を上がった。

そいつは、階段を上がった先で、堂々と待っていた。

黒い靄を纏っていて、赤い眼がふたつ光っている。骨のような細い腕の先に鎌。ぼろ布のようなローブが、風もないのに揺らめいていた。

「リッチにしちゃあ、でかいねぇ」

油断なく、剣を構えるカルアさん。

リッチは、レイスの上位種にあたる。それでも普通は、俺たちとそう変わらない大きさのはずだ。レイスは死んだ人に魔力がたまって魔物化したといわれているから、必然的に上位種のリッチもそれくらいが普通なのだ。

しかし、目の前にいるのはその三倍はあろうかという大物。俺たちの目には、魔力の流れがそいつに集まっていくのが見えていた。

「こりゃあ……ちと骨が折れるのう」

〈爆炎のガルフ〉が唸る。俺もディティアも双剣を構え、戦いに備えた。

しかし、リッチらしき魔物は強烈な存在感だけで、なにもしてこない。

「……襲ってはこないのか？」

グランが、慎重に間合いを探る。

「襲うつもりは……ないように見えますが」

カナタさんもゆっくりとそいつの側面へと展開する。

――すると、予想外のことが起きた。

『ここから去ったほうがイイぞ、かつての同胞よ』

しゃ、喋ったーー!?

そいつは揺らめきながら、じっとこちらを見ている。

「な、なんということでしょう！　僕はいまものすごい光景を目にしています！　いや、耳にした……？」

「いやいや、それどころじゃないよ、カナタ……」

『…ここは閉鎖された。私も夜は自分を保てないノデな、忠告はいまシカできない』

「閉鎖？　……ここにいた人々はどうしたのですか？」

ぽかんとする俺たちの前で、ひとりカナタさんが会話に参加する。

『空を閉じ、いなくナッタ。半分以上は、レイスになったのでな』

「レイスになった……いまもたまに起こる現象ですが、それが原因で閉鎖されたと？」

『それが直接の理由ではナイ。血水晶が原因だ』

「ち、すいしょう？」

『血の結晶のコトだ。町の機能を担う紅い石』

「……まさか、魔力結晶？」

『いまはそう、呼ばれてイルのか。なるほど、長い年月が過ぎたものだ』

カナタさんはここまで聞くと、ほおーっと相槌を打ち、ぱんと手を打った。

「いいですねえ、いいですねえ！　歴史を紐解くきっかけかもしれません！　レイスさん、いえ、リッチさんですか？」

にやり。

彼にしては、いろいろと感情の混ざった笑みだった気がする。それでも、柔らかい雰囲気はにじみ出たのだけど。

「決めました。僕たち、協力しませんか？」

俺たちは、固まっていた。

『……』

おそらく、レイスだかリッチだかも困惑しているんだと思う。ゆらゆらしながらも言葉はなかった。

カナタさんはひとり頷きながら、話を進めていく。

「あなたは魔力結晶の作り方を知っているのですね。この都市が放棄された理由も。僕は、それが知りたいのです。……しかし！　それだけだとあなたにはなんの得もありませんね？　ですからこうしましょう。なにか望みはありますか？」

黒い影は揺らめきながら、赤い眼をちらちらと瞬かせた。

『お前タチは……いや、お前は、なにをイッテいるのだ？』

はい、ごもっともで……。

「いいじゃないですか。知っておかないとこちらも不安になるでしょう？　こんな大きな都市を放棄したんですから」

やっと我に返ったのか、年の功なのか……最初に言葉を発したのは〈爆炎のガルフ〉だった。

「まあ、確かにのう……知っておきたいとは思うがのう……〈重複の〉、お前は歴史に興味があったんじゃったか……？」

「ああ、ガルフさん。そんなに興味はありませんよ？　ただ、魔力結晶には興味があります」

「ああ、そうなんだよ、ガルフ。カナタは魔力結晶を調べててねぇ……遺跡調査も何回目だか」

ため息をついて、カルアさんは剣を下ろした。ようやく、皆が自分を取り戻しつつある。

『……変な奴ラだな。……ふむ、では取り引きだ』

「はい！　どーんと！」

『消えタイのだ』

「……はい？」

『もう、消えたいノダ』

——ゆらゆらしながら、そいつはそう言った。


さて、話をまとめよう。

レイスだかリッチだかは、ザラスという名の元人間の記憶がある、らしい。

人が亡くなり、そこに特殊な条件下で魔力が集まるとレイス化する。そして、レイスがさらに魔力をためるとリッチになるそうだ。

元ザラス曰く、生前の記憶は残っているんだけど、記憶としてあるっていうだけで、自分はその人ではないと認識があるんだとか。

この魔法都市では人が亡くなるとレイス化させ、魔力結晶を作っていたという。

記憶が残っていないレイスは、凶暴なため即排除されていたとも教えてくれた。記憶があっても、順番に排除されるそうだけど。

人権問題にも発展したことがあるらしく、記憶があるレイスをどうするのかは、何度も協議されたんだって。

さて、魔力結晶の製造、その方法だけど……。それはレイスの血を抜き取り、特殊な方法で固めること、だった。

俺は別に魔力結晶も歴史も興味がないから、それがどれだけのことなのかさっぱりなんだけどさ。内容は聞いていて気持ちのいいものじゃなかった。

その特殊な方法っていうのは、抜き取った血を、生きている人間の体……例えば掌の表面などに注入し、体内で固めるって方法だったんだ。

だけどやっぱりずっと上手くはいかなくて。

原因不明の病が流行り、亡くなる人が一気に増えた結果レイスがあふれ、しかも死因が流行病だった場合はそのレイスからは血が取れず、最終的には手に負えなくなってしまったそうだ。

……そもそも俺たちが知っているレイスからは血は出ない。血が取れていたという元ザラスの話とは食い違う部分がある。その詳しい理由は不明だけど、もしかしたらその流行病で生き残った人やその子孫からは、レイスになっても血が取れないのだろうか。

元ザラスは言った。

かつての同胞がレイスの血を求めるのは、記憶にもあったから仕方がないことだと理解はあったが、それでも、レイス化したあとに血を抜かれるさまは異常だった、と。

次々に処理されていく同胞を見て、徐々に凶暴化するレイスも少なくなかったらしい。

そうしてレイスごと破棄され残された都市の中、都市中の魔力を集め果たした元ザラスは、この遺跡の奥で、まだ来ないであろう終わりを待っていた。

体内にたまった魔力が尽きれば、いよいよ自分も消滅できるはずだったんだと。

……いつの間にか彼の同胞はほとんど消滅して、この遺跡内にはあと十数匹が残っているらしい。

しかし、地震で崩落した場所から魔力が再び流れ込み、状況は変わった。空腹の体は夜になると意識を保てなくなり、魔力の流れが集まる場所へと移動し始めたのだ。

そこで、いまの場所にたどり着いた。これが、全貌である。

「ふむ……僕らじゃ手に負えない規模になってしまいましたね」

カナタさんは眉をハの字にして、考え込んだ。

「ザラスさんを浄化するのは僕らであればなんとかなると思いますが……魔力結晶の製造方法をギルドに報告すべきかは、正直判断がつきません」

「まぁなあ。最悪は血の出るレイスを生産する国が出るだろうよ」

グランがカナタさんの話を引き取って、ため息をついた。

「おい、〈重複の〉。お前は、魔力結晶の製造方法を知ってどうするつもりだった？」

アイザックが続ける。

「……バフを込めたかったんです。まだまだバッファーはこの世界に少なすぎます。バフがあれば少しでも生き残る可能性が上がる。だから、バッファーの代わりになるアイテムを開発したかったんですよ」

カナタさんは丸眼鏡を直すと、両手を広げてみせる。

「けれどこれでは……人道的な問題にもなりかねません。〈祝福のアイザック〉さん、〈爆炎のガルフ〉さん、それから〔白薔薇〕リーダーのグランさん。どうしましょうか」

話し始めた俺たちを、赤い眼が見ている。魔力の流れは相変わらず彼に集まっていた。

俺は、なんとなく気になって、元ザラスに話しかけた。

「……あのさ、ザラスさん」

『ナンダ』

「あんたはどうしてほしいの？　結晶の作り方とか、また広がったらいいと思う？」

赤い眼がちかちかと瞬く。ディティアもそろそろと俺の隣にやってきて、彼を見上げた。

「その技術、安全だったのかな？」

ザラスは少し間を置いて、答えた。

『血水晶による戦争は世界中で起こっていた、とイウ記憶がある。いまは失われているのだとしタラ、新しい火種になるだろうな』


「……報告すれば、もっと有名になれるよね」

拠点とする地上部分に戻ってくると、ボーザックが戯けてみせた。俺は笑い返して、その肩に軽く拳を当てる。

「でも戦争起こすとか、そういう悪名だぞー？」

「だよねー。俺は、ハルトみたいな英雄っぽいのがいいからなあ」

「はあ？」

「かの飛龍タイラントを屠りし英雄、〈逆鱗の〉……あたっ」

「そういうのやめろよな！」

俺が笑うと、ボーザックも笑った。

とりあえずザラスは置いてきた。日が傾いてきたので、意識を保てなくなる前に一度戻ったのだ。

ギルドに報告するかしないかは、持ち帰りの宿題である。

待っていた三人には事情をざっくりと説明し、詳細は省いた。それだけ危険で重い内容だったしな。

それと同時に、考えた。自分たちは、どうするのかを。


その夜、俺たち〔白薔薇〕は屋上に集まっていた。

「俺は、ギルドに報告して、あとは任せたほうがいいんじゃねぇかと思う。そのほうがギルドに恩を売れるからな。ほかの誰かが違う遺跡で情報を見つける可能性も、ゼロじゃないだろ？」

グランが難しい顔で切り出した。

「でもそれは……各国に危険な情報を渡すってことよ？」

「そうですね、私もそれは現時点で反対です」

即座にファルーアとディティアが反対する。

ボーザックはさっきのように、

「悪名を売るのは嫌だなあ」

と頷いた。

「ハルトはどう思う？」

グランに言われ、俺は、さっきまであれこれと考えていたことを、慎重に口にした。

「えっと、さ。なにも、全部を馬鹿正直に伝えなくてもいいんじゃないかと思うんだ。クロクやユキに話したように、大切なことを省いた内容で伝えれば。例えばさ、いまのレイスからは血が出ないんだから、作れないだろ？」

聞いていたファルーアが、小さく唸る。

「なるほどね。例えば、レイスから製造されていたらしい、とだけ伝えれば……」

「あー、そっかあ。嘘にはならないね」

ぽんと手を打つボーザック。グランはいつものように髭を擦った。

「確かにな。このまま黙ってて手柄が横取りされるのも気に入らねぇと思ってたし、なにより、あとそれがばれたら、冒険者として首を切られちまうんじゃねぇかと……それが恐《こえ》ぇと思ってたんだよ」

あー、確かに。

ギルドの罰則は厳しい。情報を隠蔽したとして、この規模のものがばれたら……たぶんもう冒険者ではいられないだろう。俺は、グランの考えに感心してしまった。

「……確かに、冒険者としてやっていけなくなるのは困るわね」

「うん……」

ファルーアとディティアも頷く。グランはそれに頷き返して、ぽんと膝を叩いた。

「よし、俺たちの意見はこれで決まりだ」

第五章　名前、くれませんか。

……正直に言うと、なんの感情も湧かなかったんだ。

何百年、あるいは何千年かの時をひとりで過ごしたと聞いても。暗闇の中で、彼がなにも変わらず朽ちていくだけの町を眺め続けていたとしても。

冷たいと言われればそれまでだし、それでも赤の他人だからと言い張るつもりもなくて。

ただ、ふうん、と思った。

だってさ、自分が選んできた結果なんだよね？　なら、仕方がないんじゃないかなって。

……俺はそう思ったんだよね。


だから消えたいって言われたとき、初めてはっとした。

そっか、死にたくなるくらいに、辛くて悲しい時間だったんだって。

……それなら、俺が終わらせてあげよう。あの人にはしてあげられなかったから、今度こそ。

「ねぇ、ハルト」

「ん？　どうした、ボーザック」

「俺ね、いまちょっと感傷的かもしれないー」

難しい顔をして彼が言うので、俺は首を傾げた。いつもは前向きで笑顔を絶やさないような奴だし、不思議な気持ちになったっていうか。

「大丈夫か？」

「うん。でもちょっと頼みがあってさー」

「いいよ、なに？」

「ザラスにとどめを刺すとき、俺がそうしたいんだけどー」

「……お前」

驚いた。

誰がとどめを刺すのか……確かにその話はちらっと出ていたんだよな。仮にも、もともとは人間で、記憶まであるし。普通に会話もできるザラスを消すことは、人を殺してしまうことと変わらないんじゃないかって。

「そうだなあ、ハルトには聞いてもらおうかなあ」

俺は切り出したボーザックにちょっと待ってと言って、ふたり分のお茶を持ってきた。

グランはいま、アイザックたちと話し合いをしている。ディティアとファルーアは食事の準備を手伝っているようだ。

ゆっくり話す時間はあるだろう。

俺はね、ハルト。

もともと、小さい頃に山間部の町から引っ越してきたんだ。理由は簡単、魔物に襲われて町が壊滅したから。

原因は、町が無理に開発を進めて、魔物たちの縄張りになんの準備もなしに入っちゃったことでさ……はっきり言って、自業自得だったんだよね。

しかもさ、町の運営の責任者が、俺の父さんだったの。怒号が飛び交う非難の嵐……大変だったよー。

でもね、どんなに苦しくても、俺には家族と過ごす大切な時間だったわけ。

父さんは、自分で選んだ結果だったから、受け入れていたんだ。「仕方がないことだ、これを背負うことが自分や亡くなった人の救いになるんだ」……って。

――けど、結局終わりは来た。

母さんが亡くなったんだ。……命を、自分で絶って。

俺ね、気付いてたんだ。母さんが日に日に病んでいっていたこと。俺はまだ子供だったから、少しは守られていたんだけど……母さんに向けられた、人の悪意……っていうのかな。嫌悪感みたいな、そういうのが、母さんを追い込むのには十分すぎたんだ。

父さんはそんな母さんに謝りながら、なんとか守ろうとしていた。それでも石を投げられ、無視をされてさ……。

——最後に、谷を前に、俺を背にした母さんに言われたんだよね。

『もう耐えられない、つらくて悲しいの。逃げたくて、逃げたくて、誰かに、押してもらいたいって思ってしまうの……ごめんね、ボーザック』

きっとね、自分で命を絶つことは、許されないと思っていたんだ。だから、誰かの手を貸してほしかったんじゃないのかな。……誰からも悪意しか向けられなくなった母さんは、俺にしか頼めなかったんだ。

……そのとき、その背中を押せていたらって、何度も思う。押せなかったんだ、俺。……押していたら、もしかしたら、母さんは救われた気持ちだったかもしれない。

父さんは苦しみを背負うことを受け入れた。母さんは、苦しみから逃げることを選んだ……本当は、俺の手で逃がしてあげればよかったんだって思うんだ。

父さんは……母さんのしたことも受け入れた。泣くことも我慢して。

だから、そういう救いもあるんだと、俺は認めたんだ。そう思わないと、父さんが受け入れたことも、母さんがやったことも、両方無駄だってことになっちゃうからさー。

だから、ちょっと重ねちゃったんだよね。消えたいって言われたら、そうしてあげたいって思ったんだ。


そこまで言うと、ボーザックは自分で確かめるように頷いて、掌を握ったり開いたりした。

「俺にできることならしようって、決めたから、俺」

俺は言葉が出なくて、ただボーザックの結論に驚いていた。

正しいとか正しくないとかわからないけどさ、たぶんボーザックなりに受け止めて、受け入れた結果なんだろう。

なら俺は、ボーザックの気持ちをしっかりと確かめて、全力でサポートしてやりたい。

「ひとついいか？　……魔物じゃなくて、人間の命を摘み取るってことに近いけど、それでも本当に後悔しないのか？」

「うん。俺が決めたことだしね」

……すげーなって思う。自分の両親どちらかがその判断をしたとして、受け入れられるかなんて俺にはわからない。

だから、俺はボーザックに頷いた。

「そのときが来たら、必ず協力する」

皆にも伝えておかないとな。


深夜になって、グランが戻った。

結局、ギルドには掻い摘んで報告することに決めたそうだ。けど、あえて『これが掻い摘んだ情報である』ことも伝えるとのこと。ギルドには、国同士の問題にもなりかねない旨を伝えたうえで、調整をするように進言するらしい。

勿論、俺たちはグランの話になんの反対もなかった。

それから、散乱した書類も残ったままだから、この情報について、あとから来るはずの調査員が見つけてしまう可能性があるだろうって話になったらしい。だから、遺跡内にあるであろうレイスと血の魔力結晶……血結晶の製造施設をザラスに聞いて、処分することに決めた。

「いつまでも隠してはおけねぇだろうが、少なくともすぐってことはないはずだ」

グランはそう言って、少し難しい顔をする。

その情報が明るみに出るまでに、国同士とギルドでどうするか……書面に起こすなり、全体で協力するなり、そういうことができればいい。

……あとは国同士とギルドの問題だ。

俺は〔白薔薇〕の皆にザラスにとどめを刺すのはボーザックだと伝え、ほかのパーティーにもお願いしにいった。カルアさんだけが、眉をひそめてなにか言いたげだったのが気にかかったけど、皆の同意は得られた。

翌朝。

クロク、ユキ、トロントさんの三人を残し、俺たちは早速ザラスのところへ向かったんだけど……。

「おやおや……いませんねぇ」

魔力の流れが途絶えている。勿論、ザラスの姿はどこにもない。

「まじか……早速面倒なことになったたな」

アイザックがため息をついて、きょろきょろする。

「おい〈重複の〉、〈逆鱗の〉。バフでなんとかなんねぇのか?」

「ふうむ、魔力感知を重ねがけするくらいしか思い付きませんが、僕は二重が限界ですからねぇ」

「それじゃあ、ハルトがかけたらいいじゃない」

ファルーアに言われて、ぐっと詰まる。

「ご、ごめん……俺、まだ魔力感知は使えな……」

「覚えなさい、いますぐよ」

「うえぇ」

「早く」

ぴしゃりと言い切られ、思わずカナタさんを見ると、とても嬉しそうだった。

「では、みっちりいきますよ、ハルト君！」


その日、せっかくなので調査を進めながら、魔力感知バフの修得を進めることになった。

九人もいるんで調査自体は楽ではあるけど、歩きながらのバフ練習はきつい、ものすごくきつい。

カナタさんが思いの外、スパルタなんだよなあ……。

必死に手の上でバフを練る俺に、安定したバフにするためのコツを、カナタさんが横から見ながらアドバイスしてくれるんだけど。

ときには「それじゃあ四回前と同じミスです、覚えています？」とか刺されるんだ……。

お陰で、ちょっとした調整がすぐにできるから効率がいいけど、戦闘には一切参加していないという、バッファーとしてあるまじき状況にいた。

ザラスが求めているはずの魔力の流れは全然感じられず、五感アップだけボーザックとディティアにかけて警戒を任せてあって、なんというか自分の存在意義を疑ったよ、俺。

そのまま、昼を過ぎたくらいだろうか。

地図への記入がそれなりに進んだ頃、俺はカナタさんに、手の上のバフをかざした。

「……うん。納得いく安定感だね」

や、やった……！　どっと疲れが押し寄せる。

「できたの？　ハルト君！」

ひらりとディティアがそばに来るので、俺はふふんと笑った。なんと彼女は、建物の窓から降りてくるお転婆ぶりだ。

「ディティアを一番最初のバフ対象にしてあげよう」

「わあ！　やったー！」

無邪気に喜んでくれる双剣使いに、早速バフ。

「とりあえず三重にする。見えなければ四重で試そう」

「わかった！」

ディティアはうずうずしながら、楽しそうにバフを受けてくれた。

「……どう？」

「……うーん？」

「あれ、そのあたりの扉の罠とか、濃くなって見えるとかないか？」

「……うーん、扉に罠が見当たらないかなー？」

「えぇ……グラーン！　場所変えよう！　バフができたからさあ！」

「──あぁ？」

ディティアが飛び降りてきた窓から、グランが顔を出す。

「うん、そうしよう。それがいいねっ」

それを見ながら、あはは、とディティアが作り笑いをした。

せっかく覚えたのに実感してもらえないのは一番残念な気がする。……そもそも、ザラスも消えたいって言うならとどまっていてくれよ。

俺は八つ当たりも込めて、ため息をついた。

アイザックの光の球で周囲は問題ないくらい明るいから、そこは安心だ。けど、夕方以降はザラス自体が暴走するっていうし、時間がない。レイスと血結晶の製造場所だって聞かないといけないしな……。

ディティア、〈爆炎のガルフ〉、ファルーア、アイザックに魔力感知バフを三重にかけて、残りは五感アップと魔力感知を重ねて遺跡を進む。とりあえず魔力の流れを探すだけで、建物はスルーすることになった。

そういえばザラス、昼間は意識があるんだろ？　戻ってくるって選択肢はなかったのかな。

俺たちはとりあえず、奥へ奥へと進んでいった。

「うー、もう、ザラスさんってば。よし、皆さん、ちょっと待っていてもらえます？」

しびれを切らしたのは意外にもディティアだ。彼女は答えを待たずに、近くの建物の扉を撃破。噴き出した炎をひらりと避けて中に入っていってしまった。

「大丈夫なのかい？　……まあ〈疾風〉だしねぇ」

カルアさんですら意外そうに肩をすくめる。俺は苦笑を返した。

……数分と待たずに、彼女は屋上から顔を出す。

「あっちに魔力が見えますよー！」

「いやいや、行動的ですねぇ」

カナタさんが笑った。

「屋上から誘導します、こっち！」

ひらりと屋根伝いに、文字通り風のように移動していくディティア。白いタイラントの革鎧が、光の球に照らされて闇に浮かび上がる。

「〈疾風〉は変わったのう」

ゆっくりと歩みながら白髭を撫で、〈爆炎のガルフ〉が感嘆の声を漏らす。

俺はその隣に並んで聞き返した。

「変わった？　ディティアが？」

「そうじゃな。〈疾風〉はいつも後衛を守ろうとしていたからの……ひとりであんな行動、絶対にせん娘ッ子だった」

ほっほっ、と不思議な笑い声を響かせて、〈爆炎のガルフ〉は笑った。

……〈爆炎のガルフ〉がこんなに笑ったの、初めて見たかも。

「〈逆鱗〉にはあれじゃが、うちの〈閃光〉はな、そこを心配していたんじゃよ、ずっと」

「……うわあ、確かに聞きたくない名前だよ……けど、あいつがディティアの居場所を用意しようとしてたのはわかってるつもりだよ〈爆炎のガルフ〉。すっげー癪だけど」

「ほっほっ、そうか。……ほほ、それならいい情報をひとつやろう。海都オルドーアに行ったのも、そもそも〈疾風〉を追いかけたからなんじゃゃ」

「え？」

シュヴァリエが、ディティアを？　……わざわざ追いかけてきたってことか？

「どこぞの名もないパーティーに入って、海都に向かったらしいと聞いてのー、憤慨しておったわ」

「うわあ、それ〈白薔薇〉のことか？　……あいつ、確かに堂々と誘ってたしな。どういう神経してんだ、馬鹿なの？」

「ほっほっ、〈閃光〉を馬鹿呼ばわりするのはお前くらいじゃの！　さすが〈閃光〉が逆鱗に触れただけあるのう」

「ええ、俺、馬鹿にされてるよな、いま」

〈爆炎のガルフ〉は上機嫌なのか、何度も髭を撫でている。それから、意味深に一言付け足した。

「うちの〈閃光〉は〈疾風〉を誘うことを諦めておらんよ。せいぜい気を付けるんじゃな」

――おい、シュヴァリエ。お前、いい加減諦めろよな……。

「よっ」

少し低い建物の屋上から、ディティアが戻ってきた。

「このすぐ向こう側、大きな建物なんだけど、そこに魔力の流れが見えます」

「どれどれ……おお、見えた。あー、あの建物……だいぶデカそうだな」

アイザックが前に出ていって確認する。

俺はアイザックの頭上に輝く光の球を見て気が付いた。

「ん、なんか天井が低くなったか？」

それを聞いてディティアも見上げる。

「確かに低くなってきてたかも。もしかしたら、端まで来たのかな？」

崩落した場所からはだいぶ南に来たから、確かに都市の端でもおかしくないかもなー。北や東西にどれくらい広がっているかはわからないけど。


問題の建物は、ほかとは造りが違っていた。

これは……ちょっと、見るからに怪しい。なんていうか……なにかを閉じ込めていたみたいな厳重さを感じる。

建物の外側に巨大な柵。俺の身長の二倍の高さはありそうな門扉は分厚そうで、表面には濃く渦巻く魔力の塊――罠だ。

そしてその横には、ザラスがやったのか、大穴が口を開けていた。

「監獄みたいですねぇ」

カナタさんは俺と似たようなことを考えていたみたいだ。

「はっ、囚人はレイスかもしれないねぇ」

カルアさんが受け答えして、大剣を抜く。

「もう夕刻に近い。念のため気を引き締めていくよ」


『……キタか』


ザラスは広間で待っていた。

彼の周りには紙の束がうずたかく積まれて、山になっている。それ以外にも、箱のようなものがいくつか。どれも古ぼけてはいるけど、状態はよさそうだ。

「いなくなったのでひやひやしましたよ」

カナタさんが肩をすくめる。

『レイス製造方法の詳細と、製造施設ノ情報ヲ集めておイタ』

すっきり無視してザラスがゆらゆらする。

そして、とんでもないことを言った。

『ツイデに、血水晶……イヤ、お前タチの言い方に似せるナラ、血結晶もアル』

これには、皆驚いた。

ザラスは持っている鎌で箱を指す。近付いて中を覗いてみると……。

「魔力結晶がこんなに⁉」

ファルーアが飛び上がった。

箱の中にはあるわあるわ魔力結晶。大きなものから指先大まで。これは……山分けにできそうだ。

『これで十分カ？　……消してもらエルのか』

はっとする。

ザラスは、俺たちが一度戻ったあとに移動し、これを集めていたんだろう。俺たちが確実に、自分を消してくれるよう、その対価として。

「こんなに……ザラスさん、ありがとうございます。……望みはかなえましょう」

闇を纏うその姿は、どこか憔悴すら感じさせた。赤く瞬く眼には、悲しみと期待が込められているようで。

俺は、胸が詰まるのを感じた。

「おい、カナタ」

「ああ、わかりましたよ、カルア……。ハルト君、ごめんね。……浄化」

「……えっ？」

次の瞬間。飛び出したカルアさんだけが銀色に光った。

浄化のバフ⁉

咄嗟にボーザックを振り返り、バフをかけようとする。……くそ、間に合わない！

ボーザックもこっちを見ていて、驚いた表情になった。

「ゆっくり眠りな、もういいんだよ」

ザンッ！

——正直、驚いた。

一撃。たった一撃で。

カルアさんが、ザラスを屠ったのだ。

その黒い姿は、一瞬にして霧散し、漂っていた魔力だけが色濃く残された。

「ちょっ、カルアさん⁉　なんで！」

「そこの坊やには悪いけど、ガキすぎるからねぇ！　悪かったね、ハルト。おい、ボーザックとかいったね？」

「……え、あ」

呆然とした表情で、ボーザックが立ち尽くす。

「あーあー、まぁ、言いたいことはわかるけどなぁ……」

アイザックが、仕方がないとでも言いたげに呟いたのが聞こえた。

ツカツカとボーザックに歩み寄って、カルアさんは腰に手を当てる。同じくらいの背なのに、カルアさんが大きく感じるほどのプレッシャー。

うわ、なんか怒ってるよなぁ……？

「おい、坊や。あんたがとどめを刺したいっていうのは聞いてた。でも、やらせるかどうかは、また別だ」

「……どうして」

「あんたの事情なんて知ったこっちゃないんだよ。なにもかも受け入れましたって面しやがって、気に入らなかったんでね」

「っ、俺は！」

「おい、歯ぁ食いしばれ」

「えっ⁉　ちょっ、うわっ⁉」

ゴッ！

ディティアとファルーアが息を呑む。

平手とかじゃなくてさ……カルアさん、拳でボーザックを殴り飛ばしたんだ。カナタさんは額に手を当てて難しい顔をしている。

「あんたの事情はわかんないけど、なにか、諦める人間の近くにいたことがあるんだろ？　……それをただ受け入れたんなら間違いだ」

「……」

地面に突っ伏したボーザックは、殴られた左頬をそのままに立ち上がった。

「受け入れて、それでもあんたはつらかったはずだよ。違うかい？」

「……つらくなんか……。俺が、そうできなかったから……。そうしてたらきっと……」

「ほら、なんにもできなかったことを理由に、つらいことを正当化してやがる。……よく聞きな、自分が手を下しても、つらいんだよ」

「……え？」

「そのつらいはねぇ、いまみたいな奴をやっても重なるだけなんだ。それを知らない坊やには早いんだよ」

カルアさんは満足したのか、ふうーと息を吐いてボーザックに背中を向けた。

「あんたは、そのつらいことを受け入れて生きるんだ。ただ受け入れるんじゃないよ。認めて、背負って、……それがつらいって泣きながらでいいんだ」

資料は灰に。魔力結晶は箱ごと回収した。ついでに、〈爆炎のガルフ〉とファルーアとで、ザラスの残してくれた情報をもとに、製造施設自体を派手に壊しまくっておく。

「これだけやればいいだろ」

グランが土煙の上がる建物を見て言った。


——俺たちは地上へと戻ることにした。


ボーザックは頬を膨らしたまま、ぼんやりと歩いている。

カルアさんは至って普通。あれが、大人の余裕とでもいうんだろうか？　その姿を見ていたディティアが、なにかを考えているように見える。

「ディティア？」

「……」

「おーい、ディティア」

「カルア、カル、ア。……。〈完遂のカルーア〉……？」

「ディティア！」

「ひゃあ⁉　は、ハルト君⁉　なに、どうしたの」

「どうしたのはこっちの台詞なんだけどなあ」

「ああ、ごめん……。なんかさっきの話、カルアさんのことで気になることがあってね……ちょっと一緒にカナタさんのところに行ってくれる？」

俺は頷いて振り返り、後ろを歩くカナタさんを見た。

その日、彼女は……彼女たちは走っていました。真っ暗な森は足元に枯れ葉の絨毯。夜露に濡れて、それは足を絡め取る罠になりました。

「来てる、カルーア」

先頭にいる彼女の後ろから、小さな少女が声をかけます。彼女たちの濃い緑色のローブは、夜の森では闇に溶けてよく見えません。

「わかった、ミシャ」

短く答えて、彼女は足を止め、木の裏に隠れました。夜の闇で、敵の持つランプが揺らめきます。

彼女たちには、もうひとり、守るべき対象が傍にいました。息を切らせ、同じように木の裏に入った彼女は、泣きそうな顔で蹲《うずくま》りました。

追っ手は三人。皆立派な騎士の服を着ています。あれは王国騎士団の団服でした。

「どうする、カルーア」

「殺すわけには……私たちは敵じゃないのに」

彼女たちは、王子の近衛兵でした。王子の思い人、隣国の姫君を招いた夜会で、当の王子が毒薬で殺害されそうになり、国はなぜか姫君を犯人にしたのです。

苦しそうに喘ぎながら、王子が近衛兵に告げました。姫は、犯人ではない。どうか、彼女を隣国へ逃がしてあげてほしい。

そして、王子の意識はなくなったのです。

近衛兵はすぐに姫を連れて逃げました。捕まったら、殺されないにしても、姫は国に帰ることはできなくなるでしょう。

それはきっと、隣国と関係を悪化させたい何者かの陰謀でした。

……ゆらめくランプが近付いてきます。

カルーアは大きな剣を取り、決めました。王子の望みは、必ずかなえると。

王国騎士団に深手を追わされながらも、彼女は勝ちました。意識を刈り取った騎士たちが目覚める前に、彼女たちは逃げます。

隣国までの長い旅は、まだ始まったばかりでした。

幾度となく騎士たちが襲ってきます。相棒のミシャも、隣国の姫も、必死で生き抜きました。誰も殺さないで済んだのは、彼女たちが強かったから。

しかし、山を越えればそこは隣国という場所で、彼女たちは、とうとう包囲されてしまいました。

「囮になる」

ミシャが言いました。その間に姫を連れて山を越えること。カルーアは絶望的な状況でも諦めず、その案を呑みました。

数日かけて山を越え、国境の川に来たときです。囮になったミシャを引きずり、王国騎士団が現れました。

ミシャは、酷い傷を負い、カルーアと姫の前にぼろ切れのように転がされたのです。かなりの拷問を受けたことがわかりました。

「助けたかったら、姫とこちらへ」

カルーアは迷いました。ミシャは、ずっとともに過ごしてきた仲間。

姫は諦めて投降しようと提案しました。もう耐えられないと。

しかし、ミシャが言いました。痛い、つらい、もうだめなのがわかる。どうせなら、あなたの手で殺してと。

彼女の瞳は、痛みに絶望し、希望も失っていました。

騎士は、投降すれば彼女は助かると言いました。

けど。けれど。どう見てもミシャは……。

「姫、あの川を越えてください」

カルーアは声を絞り出しました。

姫はカルーアの意を汲み取り、泣きながら踵を返して走ります。

カルーアは大剣を振りかざし、騎士たちとミシャのもとへ走ります。

振り下ろす大剣は、痛みを感じさせない速度で、ミシャに眠りを与えました。騎士たちは狼狽《うろた》えました。

ミシャの名誉を、彼女は守り切ったのです。

その間に、姫は川を渡り終え、騎士たちはそれ以上追うことができなくなりました。

そのあと、カルーアは姫と一緒に、隣国の城へ帰り着きました。

姫は正式な抗議を国から発行し、それからさらに数カ月で、犯人が捕まりました。王子は、それからしばらくして息を引き取り、この件はお互いの国によって和解が成されたのです。

カルーアは姫より、〈完遂のカルーア〉という二つ名を賜りました。姫は、亡きミシャにも〈純白のミシャ〉と二つ名を与えました。

悲しくも勇敢な物語は、ここに幕を下ろしたのでした。


カナタさんはそれを語り終えると微笑み、続けた。

「カルアは誰かの終わりに携わる自己犠牲が大嫌いです。諦めて受け入れることが許せなかったんですよ。そうしてしまった自分も含めて、ね」

俺はそのとき、気付いていた。

五感アップをかけたボーザックには、この物語が届いているってことに。……ちらりと後ろ姿を見ると、ボーザックは背負った大剣の柄を握っていた。

ディティアも気付いているのか、真っ直ぐにボーザックを見ていた。

その日は遅くなったから、明日の朝帰ることになった。

焚き火の向こうでボーザックはなにか考えていたけど、そっとしておく。

俺には、ボーザックの気持ちもカルアさんの気持ちもわからなかったし、口を出せることじゃないからさ。

それでも、ボーザックなりに呑み込めたらいいなと思う。応援だったらいくらでもするし。ほかの皆もきっとそう思って、黙っているんだ。

やがてボーザックは、カルアさんのところへ向かった。

「おい、ハルトー、ちょっと来な」

「えっ、俺？」

しばらくあとに、なぜかカルアさんに呼ばれる。

ディティアに見てもらいながら双剣を磨いていた俺は、驚いて口をぱくぱくした。苦笑したディティアが行っておいでと言うので、席を立つ。

行ってみると、ボーザックの姿もあって、その目はなんというか、きらきらしている。

んー？　思いの外、元気そうだな……。

「ハルト、カルアさんの説得を手伝ってよ！」

「は、はあ……？」

「俺さ、自分のことといろいろと考えたけど、結局よくわかんないんだよ。母さんの背中を押していたとして、後悔してないかどうかなんてわからないじゃん」

「えっ？　あ、あぁ」

ボーザックの勢いがすごかった。俺は若干引きながら、相槌を打つ。

「だからさ、俺は決めたの。カルアさんが俺を子供扱いしないくらい強くなって、二つ名をもらおうと思う」

「……んっ？　えっ？　二つ名？」

「そう！　でもカルアさんがいいって言わないから、説得するのを手伝ってよ、ハルトー」

ん？　え？　二つ名？　これそういう話だったっけ？

「俺が強くなったとき、カルアさんの言葉に納得できるかもしれないし、結局できないかもしれないけど、ひとつの強さは身に付くと思うんだよね」

「お、おう……」

カルアさんを見ると、額に手を当てて空を見上げていた。お手上げで俺を巻き込んだんだろう。

「カルアさん」

「……わかるかい、ハルト……」

「俺が言えるのはひとつだけですよ、ボーザックをお願いしますね」

「うっわ、あんたねぇ……」

「ほらあ！　ハルトー、俺信じてたー！　カルアさん、俺、強くなるからよろしくね」

「あぁもう。そうさなぁ……来月の王国騎士団の剣術闘技会で優勝でもしたらね」

カルアさんは投げやりになったらしい。

「そんなのあるの？」

俺は思わず聞き返す。

「あるともさ。王国騎士団の技比べで冒険者と勝負する伝統の大会だよ」

「うわー！　俺、それ出る！」

えー。

きらきらした瞳で、ボーザックは意気込んだ。

……おいおい……俺たち、来月までここにいることになるの？

「そうと決まれば、次はグランだ！」

うわあ。これ、皆巻き込まれるやつだ。

俺が頭を抱えると、カルアさんがざまみろ！　と笑った。


結論から言おう。グランは承諾した。っていうか、せざるを得なかった。

今回の遺跡調査がまだ途中だったからだ。

そうだった。終わったつもりだったけど、地図はできていない。俺はレイスとも戦っていない。

なにより、俺たちが得た情報をどうするか、ギルドに伝えなければならない。

結果、グランとアイザック、カナタさんはギルドとの交渉に。俺、ディティア、ファルーア、〈爆炎のガルフ〉で調査を続けることになる。

トロントさんはクロクとユキを連れて、別の依頼をこなしながら腕を磨くそうだ。

そして同じくボーザックは、カルアさんと依頼をこなして大会に備えるそうな。そこで鍛えてあげちゃうところ、カルアさんはなかなかに面倒見がいいと思う。

「この人数で何日かかるかなぁ」

アイザックの代わりにファルーアとガルフが火の球を浮かべ、俺がバフを重ね、ディティアが前衛をこなす。

そんな遺跡調査が始まった。

「これはこれで新鮮だよ、ハルト君！」

やたら元気そうなディティア。

ファルーアからすれば、〈爆炎〉から学ぶことは多いだろうし、万々歳だろう。

俺はせっかくだから範囲バフを練習することにして、それぞれに必要なバフを重ねたら、掌の上で魔力の塊を広げた……んだけど。

「ほれ、〈逆鱗の〉。早くメモせんか」

「わ、わかったよ」

〈爆炎のガルフ〉の人使いが荒い。むしろ全員の俺に対する扱いが悪すぎる。

「ハルト君、次は五感アップバフ多めにしてくれる？」

「ん？　わかった」

「ハルト、魔力感知バフ」

「あれ、さっきかけたぞ」

「違うわよ、もっと重ねてって言ってるの」

「えぇ……」

なんだってこんなに忙しいんだろうか。

というか、ディティアのお陰で異常な速度で調査が進む。ファルーアと〈爆炎のガルフ〉は途中から彼女に丸投げし、魔力感知をしながらも魔法について延々と議論し始めてしまった。

ディティアは〈疾風〉の名に違わぬ動きで建物を駆け抜けていき、俺がメモするという構図だ。

「最初はクロク君とユキちゃんが一緒にいたから、ペースを落としてたんだけど」

そう言う彼女は、たぶん飛び回るのが好きなんだなと思う。

「ハルト君、二階は三部屋、三階は広めの二部屋だよ。次に行くね」

あまりの速さに、俺はバフの練習を諦めたのだった。


一カ月はかかる調査を、ほぼディティアだけで二週間で終わらせた。端から端まで、一直線に歩くとだいたい二時間くらいかかる規模の遺跡が姿を顕《あらわ》にする。それより先はすでに土に埋もれているので、発掘するとしたら長い時間を要するだろう。

ちなみに、パーティーで請けた依頼なので、報酬はパーティーごととなる。パーティー内の誰かひとりでも参加すれば報酬の対象となり、調査期間に応じて金額も変わるので、いまはいないクロクとユキに関しても十分な報酬があるとのこと。便利な仕組みである。

しかもこの遺跡調査に関しては、大量の魔力結晶が手に入っているしな。

途中には十数体のレイスがいたが、双剣の練習だからとディティアに厳しい特訓を受けた。筋肉痛になったの何年ぶりだろう……。

ちなみに、誰ひとり追加メンバーはおらず、交渉担当の三人はギルドに捕まったままで、書類を作ったりなんだりしていた。

忙しいんだろうなぁ。はは、グランの目の下の隈に爆笑して殴られたしな！

トロントさんたちは遠くの依頼を請けたらしく、姿すら見てない。

ボーザックはというと、日々傷だらけ、泥だらけで、腹いっぱいに食べては泥のように眠り、早朝また出ていく状況だ。

あれ？　俺、なにもしていない気がするぞ？

「やっぱり範囲バフを覚えよう」

思わず口にすると、隣でディティアが笑った。

「体全体も鍛えるから覚悟しててね！」

「ええ……。ディティアが可愛くないこと言うようになった……」

本当に酷い話である。

そうして過ごすうちに、剣術闘技会がやってきた。

その日、王都の民たちは熱気に満ちあふれて、屋台もたくさん出た。自国からは勿論のこと、ほかの国からも冒険者たちが意気揚々と集まってきているのがわかる。

「っ、はー！　こんなに人が来るのかぁ」

人混みの中で見回すと、グランが笑う。

「そりゃあ、年に一回のでけぇ祭りみたいなもんだっていうしなぁ！」

へぇー。やっぱり有名なのか。

数日前にようやく解放されたグランは、今日までの間に狂ったように依頼をこなした。大盾使いとしての腕が鈍っていないか確認したかったらしいけど、そりゃあもうたまった鬱憤を魔物にぶちまけているようにしか見えなかったんだよな……。それだけ、机に向かう作業は向いていなかったんだろう。

まあ、グランだしなぁ……。

どう見ても脳筋、そして燃えるような紅い髪と眼である。体だけでなく、顔も厳ついし。

見ていたら、なんだよ？　と言われた。……付き合ってみれば気のいい兄貴肌なんだけど。

……俺たち〔白薔薇〕は、ボーザック以外のメンバーでこの祭りを堪能している。ボーザックは剣術闘技会出場のため、かなり早い時間に出ていった。試合は午後だから、まだ余裕がある。

会場の席を確保しておかないといけないらしいけど、どういうわけかアイザックが面白がって、人数分の席を確保しておいてくれるらしい。

まあ、本当にボーザックが優勝なんてことになったら、王国騎士団は名折れだろうと思うけど。

「おう、〈白薔薇〉！」

アイザックは闘技が行われる会場のすぐ上の、だいぶいい席に陣取っていた。このために、昨日から並んだというのだからやばい。

こいつ、暇なのかなぁ。

よく見ると、〈爆炎のガルフ〉の隣には〈迅雷のナーガ〉もいる。

そこでディティアが「ああー」と呟いた。

「どうかした？」

「彼女がいるってことは、シュヴァリエがいるってことだなあって」

「……うわぁ、耳にしたくない情報ー」

「あはは」

俺たちは席に座ると、闘技会の始まりを待った。

そして……。

「お集まりの皆様、大変長らくお待たせいたしました」

司会者らしきお姉さんが会場に現れた。

中央には石でできた、かなり広い丸い板が置かれていて、その上が闘技場となるそうだ。場外に出てしまうと失格らしい。

「王国騎士団長、バルハルーア様のご登場です！」

わああーー！　っと歓声が上がる。黄色い声援もすごかった。登場したのは銀の髪の……ん、なんかやたらシュヴァリエに似た奴だな……。騎士団の制服が同じなのは仕方がないとして、あれは、なんていうか。

「やあやあ、お集まりの諸君！　今日も僕たちのためにこの日が来た。感謝しよう！」

わああーーーー。

さらりと払われた銀の髪。大袈裟な動作。……あれは、どう見てもシュヴァリエのそれだ。

「……。あのさ、ディティア」

「……うん。あの方はシュヴァリエの叔父様に当たる人だよ」

うわあー。今日二回目の耳にしたくない情報だ。

会場からは歓声と歓喜が沸く。騎士団長からのオーラもまたキラッキラしている。完全に苦手な空気なんだけど……。

「そして今日は、我が甥も駆けつけている！」

「ええ、そういう紹介って必要なのか……？」

「〈閃光のシュヴァリエ〉様よ。黙ってて」

思わずぼやくと、なんと〈迅雷のナーガ〉に怒られた。

いきなり喋ったのに驚いたのか、隣の〈爆炎〉の眉毛がぐあっと持ち上がったのが面白い。

「お集まりの諸君、ご機嫌はいかがかな。……〈閃光のシュヴァリエ〉、この日のために冒険の日々からしばし帰還いたしました」

きた。きたよ、この爽やかな空気！　キラッキラしている騎士団長の隣に、爽やかな空気を纏う嫌な顔が並ぶ。なぜか誇らしげにこっちを見てきたので、そっと目を逸らした。

そもそも、なんで気付くんだよ。……いや、もしかしてディティアを見ていたのか？

俺はなんとなくイラッとして、シュバリエの視界からディティアを隠すように上半身を入れる。

「ハルト君？　どうしたの、なんか……見えない……。いや、見えなくてもいい気もするかな……？」

ディティアは案外酷いことを言うようになった気がする。相手がシュヴァリエだからいいけど。

「さて、諸君。今年は素晴らしい吉報がある。勿論知っている方も多いだろう。……長らく我らを苦しめてきた、彼の飛龍タイラントが討伐されたのだ！」

騎士団長が、大袈裟に両腕を広げてみせると……。

うわあああーーーーっ。

今日一番の歓声が上がり、思わず身をすくめる。そういえば、このなかにも一緒に戦った人がいるかもしれないんだな……。

グランを窺うと、どことなく誇らしげに見えた。うん、俺たち、頑張ったし……少しくらいなら誇ってもいいかも。

しかし、甘かった。そう、こいつはあのシュヴァリエの叔父。俺は、もっと警戒するべきだったんだよ……。

「では、本日の素晴らしい客人を紹介しよう！　タイラントにとどめを刺し、我が甥も認めた素晴らしきバッファー、〈逆鱗のハルト〉と、その所属するパーティー、〔白薔薇〕のメンバーだ！」

カッ！

アイザックが突然生み出した光の球。その数は十を軽く超える。

俺を真ん中に、グラン、ディティア、ファルーアが、真っ昼間から煌々と照らし出された。

「……っ、あ、アイザックー！　お前っ、まさっ……まさか！」

「悪ぃな〈逆鱗の〉。うちの〈閃光〉のやることだ、許せ」

「ーーーーっっ！」

口をぱくぱくする俺。呆然と照らされる、ほかの皆。そして、いつの間にか会場にはボーザックが引き出されていた。

「あ、おーい！　ハルトー！　なに、これー？」

下から手を振る無邪気な大剣使い。

俺は立ち上がり、身を乗り出して声を張り上げた。

「ーーっ、シュヴァリエーーーーっ、お前っ、絶対許さないからな！　ふざけんな！」

俺を見上げる爽やかな空気の男は、ふふんと微笑む。

「見たまえ、冒険者、そして王国騎士団の諸君！　彼の逆鱗に、僕はまた触れてしまったようだよ」

笑い声が巻き起こる。

くっ、くっそおおおーー！

「は、ハルト君……す、座ろう？」

「ハルト……微笑んで手を振るくらいしなさいよ。恥ずかしいわ」

「俺たちまで巻き込むんじゃねえよ」

〔白薔薇〕の面々さえ、そんなことを言い出す。

俺はきょとんとしいてるボーザックを指差した。

「そこの〔白薔薇〕のメンバー、ボーザックが！　今日っ、王国騎士団に目に物見せてやるぞ！」

「えええええ!?　ちょっとハルト！　俺を巻き込む気!?」

いいぞ〔白薔薇〕ー！

もっとやれ〈逆鱗〉ー！

大剣使いー頑張れよー！

思い思いの野次が飛び交い、会場は最高潮に。

……こうして、ボーザックにすべてを託し、俺は不貞腐れたまま座ることになった。


高みの見物をしていりゃいいものを、なぜかシュヴァリエは俺たちの席に現れた。

会場ではすでに予選が始まって、冒険者と王国騎士団がお互いの剣術を披露しながら打ち合っている。

ちなみに、剣術闘技会というだけあって純粋な剣術によって闘技するこの大会は、命のやり取りは禁止であるが、重傷までは許されるという、意外と物騒なものだった。

勝敗は、敵に参ったと言わせること。または審判がもう十分と判断すること。あるいは、相手を場外に押し出すことで決まる。

「やあ〈逆鱗の〉。遺跡調査でも大活躍だったようだね。王都はどうだい？」

「どうだかな、シュヴァリエ。お前のせいで最悪な都だよ」

「ははは っ、〈閃光の〉、と付けてくれてもいいよ、〈逆鱗の〉」

「お前、疲れる……」

やたら爽やかな空気が俺たちの周りを包み込んでいるが、観客からの大会そっちのけの興味の視線が突き刺さり、気分はまったくよくない。

「ボーザックを応援したいから、邪魔しないでもらえる？」

しっしっと手を振ると、意外にもすんなりと離れ……たと見せかけて、ディティアの向こう側に座りやがった。

「剣術闘技会の邪魔はできないからね。ここで見るとしよう」

ディティアの眉根が寄せられたけど、それはハの字に変わり、諦めのため息となって決着。

もうどうにでもなーれ。

「おい、ボーザック！　そこだ！　やれ！」

「もう！　なにしているの、ボーザック！　いつもならそこでしょう！」

グランとファルーアがやきもきしながら声援？　を送る。

予選は多人数の乱闘形式で、各組から残った二名が決勝に進む。ボーザックは十組あるうちの第八組で、残りはあと五人。

「グラン！　ファルーアっ！　恥ずかしいからやめてくれる⁉」

ボーザックは大剣を振り抜いてこっちに声をかけてくる。

なんだなんだ、余裕あるじゃん！

カルアさんの姿は見つけられなかったけど、この成長っぷりには目を瞠る。これ、肉体強化バフを三重にするより強いんじゃないか？

「余裕があるならやれ！　ほら！　お前の悪い癖だぞ、いまのは受けずに流せ！」

「わ、わかってるよグラン！　カルアさんにも言われたしっ……そらっ！」

次に振り抜いた真っ白な大剣は斬りかかってきたふたりを弾き返した。そして、一気に詰め寄ると、それぞれの首に大剣をそっと寄せる。

「俺の勝ちだよね」

おおおっ！

歓声が上がる。どうやら、ボーザックは注目の的らしい。いいぞいいぞ。

「ふむ……。なかなかどうして、彼は前のときより無駄が少ないね。短期間でこれほどとは……〈逆鱗の〉、口だけではなさそうだね？」

「当たり前だろ。あいつすごく頑張ってたんだぞ」

「ふふっ、それは楽しみだ。〈完遂の〉にしごかれたようだね」

〈完遂〉と聞いて、一瞬思考が停止する。カルアさんの二つ名だと理解するのに、少し時間がかかった。

俺はふんと鼻を鳴らし、吐き捨てる。

「知ってるなら聞くなよ」

そうこうしている間に、もうふたりの片方が参ったと声を上げた。残ったのはボーザックと、王国騎士団らしき男のふたり。

歓声が会場を包み、ふたりは礼をして引っ込んだ。

「とりあえず予選は通ったわね」

ファルーアは満足そうだ。

「なに言ってんだ、これからあいつはもっとやるぞ」

グランもにやにやしている。

「ボーザックやるなあ！　正直感心した」

遠縁にあたるアイザックも嬉しそうだ。

「〈疾風の〉。その後はどうだい？」

しかし一方では、シュヴァリエがディティアに話しかけている。

……よく見たら、〈迅雷のナーガ〉がシュヴァリエの向こうに移動していた。その目はぎらぎらとディティアを睨んでいる。

こわ……。

「その後、とは？」

「我が〔グロリアス〕に来てくれる気になったかな、とね」

「おっしゃる意味がわかりかねるのですが」

とげとげと答えるディティアに、俺は助け船を出す。

「おいシュヴァリエ、いい加減に諦めろ」

「相変わらず手厳しいね。〈閃光の〉、と付けてくれてもいいよ〈逆鱗の〉。諦めることはあり得ないので大丈夫」

大丈夫ってなんだよ……。なぜなら〈疾風〉は〔グロリアス〕に来るのだから！　とでも言いたげだ。なんでこんなに自由なんだろ、こいつ。

とにかく、いまはナーガをどうにかしてほしい。ディティアが冷や汗をかいている。

俺はぐったりと疲れるのを感じながら、可哀想なディティアの頭をぽんぽんと撫でた。

決勝は一対一形式のトーナメント戦だ。総勢二十人が戦って、優勝が決まる。くじ引きで相手が決まり、運がよければ二回勝つだけで準決勝だ。

ボーザックは見事、回数が一番多い箇所を引き当てた。……まあ、そうだよな。

──そして、快進撃が始まった。

ボーザックは一回戦を三撃で、二回戦を大剣とは思えない素早い剣捌きで勝ち抜いた。

会場は沸き立って、ボーザックコールが起きるほど。すげーな、ボーザック人気。

三回戦は双剣使いの冒険者が相手。

素早い動きで右から左からと繰り出される双剣は……なんというか、うん。ディティアを見ているせいで、ちょっと遅く見える。

やっぱり〈疾風〉って伊達じゃないよな……と思ったら、ディティアは思いの外、真剣に試合を見ていた。

ボーザックは危なげなく受け止めて、ときには大剣を駒のようにぐるりと回して捌く。

うわ、ボーザック、ちょっと格好いいぞ……。

「いま」

ディティアが言ったのと、ボーザックが剣を振るったのは同時だった。

シャアンッ
空気を裂く音がして、双剣が宙に舞う。

「……っ、参りました」

喉元に迫る白い大剣に、双剣使いは肩を落とした。

わあーーーーっ！

またも大歓声。ディティアが笑った。

「うんうん！　ボーザック、いまのは完璧な狙い目！」

「そうだったのか？」

「うん、あの双剣使いは左右を振ったあとに、また右を振る癖があるみたい。だからその瞬間に突き出された右の剣を打ち上げると、力がぶつかって弾かれるの」

「なるほど……。俺も気を付けないと」

「ハルト君は相手を窺っているから、あの人みたいに手数に頼らないよね。だから違う戦術だと思うよ」

「そっか……。じゃあディティアだと？」

「うん、そもそも受け流すから絶対に弾かれない。あんな隙を作るのは、誘ってるときだけだよー」

「おお……」

やっぱり〈疾風〉は強かった。


そして堂々の準決勝。ボーザックは、最後の四人まで危なげなく勝ってきた。

これ、本当になにか起きそうだ。俺は食い入るように、ボーザックが闘技場に入ってくるのを待った。

先にやってきたのは相手のほう。王国騎士団の制服に包まれた細い体つきで、腰には長剣の……あれは男か？　女か？　ファルーアとよく似た長さの銀髪が、後ろで束ねられているのがわかる。

「気になるかい〈逆鱗の〉？」

「ああ……お前いたんだっけ……。知り合いか？」

「勿論だよ。あれは僕の弟だからね」

……なんだって？

ディティアを見ると頷いてくれた。ここはシュヴァリエの巣窟なのか？

「……あれ、そのわりに歓声が少ないな」

思わず感想が口をつく。シュヴァリエは面白そうに笑った。

「あれは、そういうのを嫌うんだ。あれのファンたちは静かに見守るのを美徳としているよ」

……。きっと、騒がしい兄に嫌気が差したんだろうな……。俺は少しだけ弟に同情した。

そこに、ボーザックが入ってきた。

「頼むぞ、ボーザック！」

俺はすかさず声を上げる。ボーザックはこっちに向かって拳を突き出してくれて、俺も同じように応えた。

会場に、歓声が戻ってくる。

——準決勝が始まった。

シュヴァリエの弟は、イルヴァリエというらしい。ややこしいこと、このうえない。

この距離だと顔はよく見えないが、切れ長の眼で、爽やかさはまったくない。磨かれた刃みたいな凜とした空気を纏っている気がする。

さすが兄弟……兄のほうも合わせて、イケメンなのは認めるぞ。

ボーザックコールが響くなか、ふたりはお互いの剣を構えて一定の距離を保っていた。じりじりと間合いを測っているようだ。

ボーザックが無闇に飛び込まないところを見ると、相手も強いんだろうな。

「グラン、どう見る?」

アイザックが聞いて、グランが唸る。

「こればっかりはなぁ、身内びいきもできそうにねぇな」

「だろうな」

「そんなに強いの?」

思わず割って入ると、ふたりとも難しい顔をした。

「まあ、それなりになぁ……ボーザックは強くなっているが、イルヴァリエは速いんだよ。大剣で捌けるかどうか」

アイザックが答えて、グランも頷いた。

「俺もあいつとはやりたくねぇ」

……グランでもそうなのか。頑張れ、ボーザック。

先に動いたのはイルヴァリエだった。瞬時に踏み込んで繰り出された一撃を、ボーザックは大剣の側面で受け止めた。

ガッ
鈍い音がしたけど、ボーザックは踏みとどまる。

しかし、立て続けに二撃目が突き出されて、ボーザックが跳んで避けた。

「おいおい」

アイザックがとんでもないとでもいいたげに額に手を当てた。グランはきっちり切り揃えた顎髭を擦る。

「いまのは食らってたら重傷コースだな」

「本気すぎないかしら」

ファルーアも両手を握りしめてぽつんと漏らす。

防戦一方になるボーザック。彼を応援する冒険者たちの歓声のなか、イルヴァリエは淡々と攻め続けた。

「ボーザックは怪我させることを躊躇《ためら》っているから駄目なんだ」

突然声がして振り返ると、真っ黒なローブをすっぽり被った女性がいた。……その声、どう考えても……。

「カルアさん……変装ですか」

この格好、どこかの双剣使いにそっくりだぞ。ちらっとディティアを見ると、恥ずかしそうに視線を逸らされた。

「う、うるさいね、ハルト。……あぁ、あたしだったらあんな奴一捻りなんだけどねぇ。ボーザックはもっとガツガツいかないと」

やきもきしていたのか、ボーザックのことを話したくて仕方がなかったのか、つい来てしまったのだろう。

「名前やるって応援したらどうですか」

「そういう問題かい？」

「少なくとも、ボーザックは奮い立つでしょうね」

カルアさんはフードを取ると、鼻を鳴らす。……その瞬間、イルヴァリエがボーザックから距離を取った。

「おい、坊や！」

「っ！」

ボーザックが顔を上げる。イルヴァリエも、訝しげにこちらを向いた。シュヴァリエがにこにこしながら手を振ると、いったん剣を下ろしてくれる。

「二つ名、欲しいんだろう？　気張りな」

「……わかった」

ざわざわと声がする。あれ、誰だ？　と皆が話しているのが聞こえてくる。

カルアさんは大きく頷くと、シュヴァリエを手で押しのけてディティアとの間に座った。

よくやった、カルアさん！

「よう〈閃光の〉」

「これはこれは……ご無沙汰しておりました」

苦笑するシュヴァリエ。

おお？　なんだ、知り合いなのか。それもちょっと気になるんだけど、いまはボーザックだ。

……ボーザックは大剣を構え直した。

「時間くれてありがとう、もういいよ」

イルヴァリエも、剣を構え直す。

——そして。

「！」

ボーザックが動いた。イルヴァリエが驚いて飛びのいたところに、大剣が襲いかかる。

速い！

ボーザックは大剣を長剣のような速さで振るう。もともと素早いのが持ち味だ。体が大きくない分を、速さで補うスタイルだしな。

まさかそれほどの速さが大剣で出せるとは思っていなかったのか、今度はイルヴァリエが防戦に転じた。

わあぁーーーーっ！

この攻防戦に、観客たちが盛り上がる、盛り上がる。

「ふん、それでいいんだよ」

カルアさんが腕組みしてふんぞり返った。

「速さだけなら、あいつはあたしよりもずっと速い」

その言葉通り、いまやイルヴァリエもボーザックも打ち合っては守り、凄まじい剣戟を繰り出して一歩も引かない。

長剣相手に互角の速さで戦う大剣使いは圧巻だ。

いいぞー、ボーザックー！　やれぇー！

観客の応援も熱を高めていく。

ガッ、ギィンッ！

剣の交わる音、音、音。

やがて、イルヴァリエが距離を取った。……その構えは、突き。

ボーザックは受け止める姿勢に転じた。

一気に突き出される切っ先。それを受け、大剣で受け流し……。

「っ、まずい、ボーザック！」

声を上げたのは、カルアさんだった。

「……っっ！」

イルヴァリエの長剣は完全にボーザックから逸らされていた。しかし、なにも持たないその左手が、ボーザックの腹部に当たる。

ぼたぼたっ……。

――血が滴る。

なにが起きたのか、わからなかった。

ボーザックの腰から、なにかが突き出している。それが、イルヴァリエの籠手に隠されていた刃だと理解するのに、時間がかかった。ボーザックの腹部から腰にかけて、突き抜けているのだ。

「……っ、ボーザックっ」

俺が身を乗り出した、そのとき。

「へへへ、捕まえたよ」

「！」

ボーザックはイルヴァリエの左腕を、左手で掴んだ。

彼はそのまま、イルヴァリエの長剣をいなした右手の大剣を、凄まじい速さで振り上げる。

――が。

「勝負ありっ、勝者イルヴァリエ！」


しーーーーん、と。


会場が静まり返った。

イルヴァリエが、はっとしたように短剣を引き抜いてあとずさると、おびただしい血が会場を染め始める。

ガラン……と。ボーザックが、剣を取り落とした。

「な、なんでだよっ、いまの、まだっ……俺の、勝ち、だろ……？」

審判は、首を振る。

「……っ、なんでだよぉーー！」

絶叫。

叫んだボーザックの体が傾いだ。……どさりと倒れたあと、彼は動かない。

……動かない。

イルヴァリエは背中を向け、会場をあとにする。

タイラントの白い大剣が、血に染まる。

「ボーザック！」

アイザックが会場に飛び降りて走る後ろに、俺もついていく。走りながら、ありったけの速さで威力アップのバフを重ねた。

「アイザック！　頼む！」

「おうよ！」

イルヴァリエの行為に対して、大きなブーイングが会場を揺らしているのがわかる。

聞こえるか、ボーザック。これ、皆お前が勝ちだって言ってるんだぞ！　起きろ、起きろよ……。

……この剣術闘技会は、命のやり取りはないが、重傷は認められる。確かに、そう聞いた。けど、こんなの……おかしいだろ……。こんなのが、『剣術』闘技なのか？

「おい……っ、おい！　シュヴァリエ！　答えろ！　こんなのっ……！」

俺は、席でこちらを見ているシュヴァリエに向かって怒鳴る。

「やめな、ハルト。……ボーザックはあたしが連れていく。行くよ」

いつの間にか隣りに来ていたカルアさんが、治療中のボーザックを背負った。邪魔だったのか、ローブはうち捨てられている。

「〈祝福〉、ついといで。……とりあえず、早いとこ休ませなきゃ」

答えなかったシュヴァリエが、いつになく真剣な眼差しでこっちを見ていたのだけ、強烈に意識に焼きついた。


イルヴァリエは決勝で、ものの数手で負けた。優勝したのは、王国騎士団の団長補佐にあたる奴だそうだ。

表彰式では、大多数の冒険者たちが、あわや暴動を起こしそうになったらしい。それを止めたのが、シュヴァリエと、残ったグランたちだった。

血を流しすぎたのか、ボーザックは三日ほど意識を取り戻さなかった。

その間に、俺たち〔白薔薇〕のメンバーはシュヴァリエに呼ばれたが、ボーザックが起きるまで会う気はないと突っぱねた。

アイザックや〈爆炎のガルフ〉は、治療やら見舞いだと称してちょこちょこと来ていたけど、シュヴァリエが気にしていることをちらっと漏らしていったから、あいつなりに思うところがあったんだろう。


「……ねぇ俺、負けちゃったんだよねー？」

四日目の朝、目覚めたボーザックの一言目がこれだ。ちょうど俺がついているときだったんで、一瞬言葉に詰まった。

「……うん、そうだな」

結局、真っ直ぐに認める。

「そっかぁ、仕留めたと思ったんだけどなあ」

意外にも、ボーザックは歯を見せて、へへっと笑った。

「お前……」

「大丈夫だよ、ハルト。聞こえてた。皆の声」

「……そっか」

「でも悔しいから、もっと強くなる。いつか優勝するよ」

「……ふ、お前、すごいな」

「え？　あははっ、〈逆鱗のハルト〉に褒められるなんて思わなかった！　……でも、本当に悔しいや」

最後は、少しだけ声が震えた。俺は背中を向け、ベッドに寄りかかる。

「皆を呼んでくる前に、時間欲しいか？」

「………、……、ううん、大丈夫。……あと、お腹空いた」

俺はボーザックに笑って、席を立った。


……いきなりそんなに入るもんか？

疑うほど大量の料理をボーザックは胃袋に消した。なんだこれ、手品か？

皆も呆然と見ている。

「んぐ、もぐ……この肉もう少し食べたい」

「あんた……あとで吐かないでよ？　……マスター、お肉追加してもらえるかしら？」

ファルーアが呆れながら追加してくれる。

「ついでに茶もつけてくれーマスター！」

グランが手を上げた。

俺たちは宿のそばにある食堂で、テーブルを囲んでいる。周りの冒険者が、俺たちが〈白薔薇〉だって気付いて話題にしているのがわかった。ボーザックの名前が聞こえる。

そこに、連絡しておいたアイザックがやってきた。

「おう、ボーザック！」

「もぐ、もが？　……んぐ、アイザック！」

「大丈夫か？　なんか皿の数すげーぞ」

「平気平気！　治療してくれてたんだよね？　ありがとう！」

「お、おお」

アイザックがこっちを見るので、肩をすくめてみせる。彼は「はぁーっ」と息を吐くと、椅子を引っ張ってきて座った。

「あー、とりあえず先に言っとくぞ。明日、時間は取れないか？」

「ボーザックも起きたしな……〈閃光〉を待たせるのも飽きたからいいだろ。それでいいな？」

グランがため息をつく。皆で頷くと、ボーザックだけが不思議そうな顔をした。

「よく来たね〈白薔薇〉の諸君。それから、〈逆鱗の〉。やっと来てくれて嬉しいよ」

呼ばれたのはシュヴァリエの家だった。だだっ広い敷地内にでーんと構える白い館で、俺たちの養成学校くらいある。

なんだこれ……これが貴族か？　いわゆる貴族街の一画でも、かなりの存在感だ。

「俺は会いたくなかったよ」

ふん、と吐き捨てると、シュヴァリエはわざとらしく困った顔をした。

「まあ、そう言わないでもらいたい。今日は、さすがに申し訳が立たないので呼んだまでだ」

「……」

まずは座ってくれと言われて、巨大なテーブルの隅の椅子に座った。すかさずメイドがお茶を運んできて、焼き菓子が並べられる。

「う、うわぁ……美味しそう」

「ティア、これ通りにあった高級焼き菓子のお店のよ」

ディティアとファルーアがよだれが出そうな顔で見ている。シュヴァリエは爽やかな笑顔で是非食べてくれと言った。

「おい、こっち見るなよ……食えばいいだろ」

グランが眉をひそめると、彼女たちは嬉しそうに手を伸ばした。ボーザックも、せっかくだから俺も。

「おや、あんたらも、もう来てたか」

「やあ、ハルト君！　元気でしたか？」

そこにカルアさんとカナタさんも入ってきた。

「カナタさん！」

俺が立ち上がると、グランが笑う。ただ、ボーザックはクッキーを囓ったまま、すっかり固まってしまった。

「か、カルアさん……その、俺」

「……そんなうさぎみたいな顔をするんじゃないよ」

「……」

気まずい雰囲気になるけど、カルアさんはボーザックが起きるまで何度も見にきていたのを、俺たちは知っている。

そこに、〈祝福のアイザック〉、〈爆炎のガルフ〉、〈迅雷のナーガ〉もやってきた。

「では全員揃ったので、発表だ。入れ」

がちゃり。

シュヴァリエの声で入ってきたのは……。

「…………イルヴァリエ？」

呟いたのは、ボーザック。

……そう、入ってきたのはイルヴァリエ。しかし、その頭は美しい肌色に艶めいていた。

「頭を剃らせたんだ、〈逆鱗の〉」

「なんで⁉　つか、俺に言うな！」

爽やかなシュヴァリエに思わず怒鳴る。それでも、イルヴァリエは表情を変えずに、直立不動。

「これは少しやりすぎた弟への罰だ。大切に伸ばしていたからね」

「……ぶはっ」

最初に耐えられなくなったのはボーザックだった。盛大に吹き出して、げらげらと笑い出す。

「うわあ！　あはっ、ははは、ひでー！　頭剃っても、イケメンっ、か－わ－い－そ－！　あははは、ははっ」

これに、初めてイルヴァリエの眉毛がぴくりと動いた。

俺もじわじわきて笑ってしまう。隣を見ると、ディティアとファルーアまでプルプルしていた。

「お前……災難だったな」

グランすら同情する有様。

ボーザックは目に涙をためながら笑って、続けた。

「なんか、どうでもよくなった！　俺たち、いい試合だったと思う！　は、ははは、ははっ」

「……イルヴァリエ」

「はい、兄上。……ボーザック殿、この度は……」

「ぶはっ、ど、殿！　あはっ、その、頭でっ、殿って！」

「……こ、この度はっ、剣術闘技において、恥ずかしい戦いを……」

すごい。ボーザックの、ともすれば煽りにしか聞こえない言葉に、イルヴァリエは諦めない。ゆでだこのような真っ赤な頭になって、続けた。

「騎士にあるまじき行い、だったと思う。すまなかった」

……ボーザックは容赦なく、下げられた頭にぶふーっと笑った。


「ふー、笑ったー」

お茶を飲み、すっきりした顔をしているボーザックの向かいに、イルヴァリエ。

無口なのかと思いきや、シュヴァリエの話を振ったらものすごく喋った。……ブラコンだったのだ。兄がうるさいから凜としていたのではなく、兄がいるところで自分への歓声が聞こえるのが耐えがたいのだと、つるつるの頭で語った。

「はー、とにもかくにも、一件落着だね」

ディティアも頬が真っ赤になるほど笑っていたが、ようやく収まったらしい。

「正直、斬り刻んでやろうかと思ったね」

カルアさんが鼻を鳴らすと、イルヴァリエが突然テーブルに額を擦りつけた。

「それはっ、本当に申し訳ありません〈完遂のカルーア〉様！」

その異様さに、俺は思わず聞く。

「おい、シュヴァリエ。そういえばお前、カルアさんと知り合いだったのか？」

シュヴァリエは優雅に笑った。

「僕の師匠だよ」

ぶはっ。

俺はお茶を吹き出した。

「えっ、お前の？」

「そうだよ。彼女に幼少の頃鍛えられた結果、〈閃光のシュヴァリエ〉が生まれたといっても過言ではないよ〈逆鱗の〉」

「ふざけたことを言うんじゃないよ」

「へー、そしたら俺たち、兄弟弟子だね」

ボーザックが笑うと、イルヴァリエが凄まじい速度で顔を上げてボーザックを睨んだ。

「兄上の弟は私ひとりだ！」

「……ねぇ、イルヴァリエ。俺、また笑いそうなんだけど」

そして、カルアさんが本題を切り出した。……うん、この際、イルヴァリエはどうでもよかった。

……しゃらり、と銀の鎖が鳴る。

「ボーザック」

「ん？　なに、カルアさん」

「ほら」

「あれ？　これ俺の名誉勲章じゃゃん。確か闘技会で汚れたから、ギルドが磨いてくれてるんだったよ……ね？」

ボーザックの視線が、一点で止まる。

「……」

俺たちは知っていた。

そこに〈不屈〉という二つ名が刻まれていることを。

「カ、カルアさん……これ？」

「優勝はしていないから、まだまだ坊やだけどね。これをあんたに与えることで、今回は決着なんだよ」

そう、そうなのだ。

闘技会の結果、あわや冒険者たちの暴動が起きる寸前、グランたちは彼らに告げた。ボーザックに二つ名を授与すること。これで、怒りを収めてほしいと。

カルアさんが倒れたボーザックのもとに駆け付ける際、彼女は暴動を想定してグランに声をかけていたのである。

『もし暴動になりそうなら、あたしの名を出しな。あたしが、ボーザックに二つ名をくれてやるから、それで手を打てって』

ボーザックは、呆然と名誉勲章を見詰めていたけど、突然、腕で目元をこすった。

「ちょ、ちょっとさあ。不意打ち……」

皆が微笑む。

「〈不屈のボーザック〉。あんたはいつか、この闘技会で優勝しな。そのときこそ、あんたが本当の意味で不屈になるときだ」

カルアさんが笑うと、ボーザックは腕で目元を隠したまま、頷いた。

……何度も、何度も、頷いた。


シュヴァリエの屋敷をあとにする直前、奴は俺のところにやってきた。

「〈逆鱗の〉」

「……なんだよ、シュヴァリエ」

「〈閃光の〉、と付けてくれてもいいよ、〈逆鱗の〉」

「はいはい」

ふふっと笑って、シュヴァリエは続けた。

「〈白薔薇〉には迷惑をかけたね。遺跡の件も聞いている。〈逆鱗〉の名前も順調に広まっていて、なによりだろう」

「いや、なによりだろうってなんだよ……っていうかお前！　思い出した！　ギルドで変な伝言残すなよな⁉」

「ははは、成功したと報告が来たときは清々しかったよ」

ほんと、覚えてろよ……。

とはいえ、今回はこうやって場を設けてくれたしな。王国騎士団と冒険者とで揉めるわけにいかないっていうのもあったんだろうけど、俺たちの不利益にならないよう、かなり立ち回ってくれたらしかった。

「……まあでも、後腐れないように取り計らってくれたのには感謝する」

だから、一言そう伝えた。シュヴァリエは当たり前のように受け止めるかと思ったんだけど……一瞬、その双眸が見開かれたのを、俺は見てしまった。

「……ほー、珍しい顔を見たな」

思わずこぼすと、シュヴァリエはすぐにいつもの爽やかな空気を滲ませる。

「いや、まさか〈逆鱗の〉、君から感謝の言葉が出ようとは、さすがの僕でも予測不可能だったのでね」

「お前、本当に嫌みな奴だなあ……」

「今回は、どう考えても王国騎士団の不手際。次回からはルールに一言、先手にて重傷を負わせた者が勝者となる旨を書き加えることになった。これまでは〈不屈〉のように、最後まで戦い抜こうとする者がいなかったからね」

「お、〈不屈〉って呼んだ?」

シュヴァリエは、俺の茶々を綺麗に無視する。

「〈白薔薇〉は……まだまだ上を目指すのだろう?」

「……ああ。きっとな。全員すぐ二つ名持ちになるぞ」

「そうか。期待しているよ〈逆鱗の〉。……すぐにその第一歩が訪れると思うがね」

シュヴァリエはそう言うと、正面玄関の扉を開いた。その言い回しは少し引っかかったけど、目の前の光景がそんなことを掻き消した。

『パーティー〈白薔薇〉に栄光あれッ』

『〈不屈のボーザック〉に敬意をッ』

「え？」

俺たちは、息を呑んだ。

屋敷の入口から門まで、王国騎士団がずらりと並んで剣を掲げたのである。

「なにこれ⁉　っていうか、なんで俺の名前⁉」

ボーザックが引いている。

つるつるのイルヴァリエは同じように剣を掲げると、頷いた。

「兄上からの計らいだ。王国騎士団から有志を募らせてもらった。入り切らなかったから抽選にしたのだ」

「抽選してこれ？　うわあ……」

俺たちは恐る恐るその間を抜ける。ボーザックに左右から激励が飛んだ。

門の外にもなんだなんだと言わんばかりに、野次馬がずらり。そのなかにはどうやら冒険者たちも交ざっていて、ボーザックに声をかけ始める。

「は、ハルトーー」

「俺の気持ちがわかったか、ボーザック」

「お、俺、どうしていいかわからないよー」

半泣きのボーザックを先頭にして、俺たちは貴族街をあとにした。

アイザックたちは、生温い笑みで俺たちに手を振っている。〈迅雷のナーガ〉は無表情で突っ立っているだけだったけどな。

覚えとけよ……シュヴァリエ。


そしてようやく、ギルドにたどり着いた。例の遺跡調査の報酬の受け取りを待ってもらっていたんだ。

カナタさんとカルアさんも一緒。ボーザックは疲れ果てた顔をしていた。俺たちは力なく扉を開く。

「カルーア、あなた、王都に立ち寄ったときは声をかけるように何度も言ったのを、お忘れなのかしら？」

……。今度は、なんだ……？

俺たちはさっと道を開けて、後ろにいたカルアさんを差し出した。

目の前にいたのは、すごくたくさんのフリルが付いた真っ青なドレスを纏ったお嬢様。周りには護衛らしき男性が三人控えていた。真っ直ぐ流れる銀髪と蒼い眼は、またもやシュヴァリエに似ている。……まあ、王都近辺で多い容姿なんだけどな。

ゆったりと編まれた艶のある髪には、ところどころ花のような髪飾り。すごく着飾っているところからしても、えらーい貴族様なんだろう。

「……あぁー、ルクア、なんでこんなとこにいるんだい……」

「剣術闘技会、わたくしが見ていなかったと思いまして？」

「あぁー」

カルアさんは頭を抱えた。

「まったく、シュヴァリエに聞けば遺跡調査にも参加していたそうではありませんか！　募集はもう一カ月以上前でしてよ？」

「まあ、そうなるねぇ」

そこで、横に控えていたギルド員がぺこぺこと頭を下げた。

「姫様、お部屋をご用意しておりますので、こちらへ！　皆さんもお願いします！」

よく見れば、シュヴァリエの伝言を読まされたあの女性だ。巻き込まれ体質なんだなぁ。

……っていうか、いま、姫様とか言わなかった？

グランを見ると、迷惑そうな顔でこっちを睨まれた。えっ、俺のせい？

そうこうしてる間に、ギルド員は俺を見た。

「〈逆鱗のハルト〉様！　手伝ってくださいますよね？　さあさあ！　こっちへ！」

ええー。

——結局、なぜか俺たち〈白薔薇〉も同じ部屋に押し込められるのだった。


「あー、彼女はこの王国の姫君、ルクア様だ。あー、あたしとはかれこれ二十年来の付き合いになる」

カルアさんは、さも適当といった感じで紹介する。

聞きながら、この人が〈完遂〉という二つ名をカルアさんに付けた姫だと理解した。

ディティアに聞いたら、王族から二つ名を授かるのは名誉なことらしい。そりゃあ、ほかの二つ名持ちに付けられるより、箔が付くだろうしなあ。

「初めまして〈白薔薇〉の皆様。それから、〈不屈のボーザック〉。あなたの試合はしかと見させていただいたわ」

「は、はいっ⁉」

ボーザックが背筋を伸ばす。

（ちょ、ちょっと、ハルト！　俺どうしたらいいの⁉）

（知らないよ！　っていうか、なんだよこれ！）

「あとは……あなた、〈逆鱗のハルト〉」

「っえぇ⁉　うわ、は、はい！」

「シュヴァリエに随分と気に入られたのね。同情するわ」

「！　それは、ありがたいお言葉で……いっ」

本音が漏れたところで、ファルーアのヒールが俺の足を襲う。

「いや、その、恐縮です」

姫はふふっと笑うと、グランとファルーアを見た。

「グラン、ファルーア、騎士団と冒険者たちの仲を取り持ってくださったのを見ていました。感謝を」

「いっ……、そりゃあ……とんでもないお言葉です」

「勿体ないお言葉、誠に恐縮ですわ、姫様」

グランも足を踏まれたんだろうな。

「最後に、〈疾風のディティア〉。あなたの活躍は耳にしています」

「ありがとうございます」

姫はうんうんと頷くと、早速カルアさんに向き直った。

「ではカルーア。本題に戻りますわよ？」

「勘弁しとくれよ、ルクア……」

お茶が運ばれてきたり、お茶菓子が運ばれてきたりで、お茶会のようなものが始まった。

この部屋の外では冒険者たちが普通に依頼を請けたりしていると思うと……なんかそわっとする

なぁ。

ちなみに、シュヴァリエの屋敷で出された焼き菓子よりも遥かに高級そうなケーキもある。ファルーアとディティアの食い付きがすごい。

「特別に取り寄せたものよ！　召し上がれ」

姫が微笑むと、彼女たちは心の底からと疑いようもないお礼を述べて食べ始めた。

……うん、実際めちゃくちゃ美味しかった。

「もう、ほんとに悪かったよ……まさかギルドまで出てくるとは思わなかった」

「わたくしの行動力はよく知っているでしょう？」

「はは、その通りだね。にしても、ここまで歩いてきたのかい？」

「まさか。馬車ですわ。歩くと言ったらそこの近衛たちが怒るんですもの」

「あぁ……まあそうだろうね」

姫はじろりと近衛たちを睨んだが、彼らは知らん顔だった。

「……では、本題も終わりましたし、依頼をお持ちしますわ」

「依頼？」

「ええ。カルーアに、と言いたいところですけど、〔白薔薇〕にお願いしたい案件ですの」

ぶは。

ボーザックがお茶を吹き出しかけてむせた。カルアさんはやれやれと肩をすくめ、言った。

「諦めな。この姫様はうんと言うまで帰しちゃくれないよ」

……〈完遂のカルーア〉が、救った姫とともにやってきたのがこの国。

ラナンクロスト王都、その小高い山のてっぺんに君臨する美しい城が、ルクア姫の居城である。

現在の王はルクア姫の父だ。彼は姫を連れ帰ったカルーアと、その途中で永遠《とわ》の眠りに就いたミシャに感銘を受け、生涯に渡り賓客としての扱いを約束した。

ルクア姫に至っては、もともと道中でふたりと打ち解け、名前を呼ばせる間柄となっていたらしい。

……そんなルクア姫が、なぜか書状を持って俺たちの前にいる。

「本来は城まで呼ばねばならなかったのですが、カルーアが一緒だと聞いたので意気揚々……いえ、仕方なく出てまいりましたの」

本音がすごく漏れている。

くすりと笑ったらディティアに肘打ちされた。……ファルーアに似てきたんじゃないかなあ。

グランが跪くべきか悩んでいるところに、カルアさんが座ろうと助け船を出してくれる。俺たちは姫が座るのを待って、席に着き直した。

「えー……ルクア様、なぜ、俺た……私たち〔白薔薇〕に？」

グランがしどろもどろに聞く。

「ふふ、驚いたでしょう？　それは、あなたの首にかかるその名誉勲章の力ですわ」

あ、あぁー。俺たちはやっと合点がいって、頷いた。

そうか、これ、国からの依頼もあるかもしれないカードだったなあ。いまのところ驚かれた以外に役に立ったことはない……気がするけど。

「今回の遺跡調査で、皆さんは強力なカードを手札にしましてよ。それはわかりまして？」

……レイスと、魔力結晶製造のことだ。俺たちは頷いた。

「そして、ギルドに各国で協力体制を築くようにかけ合った……ここまではいいわね？」

またも頷く。

「わたくしたちは、それを呑みました。しかしながら、各国での調整はこれから。そこで、〔白薔薇〕には我が国の書簡を、各国に届けてもらいたいのです」

……。

俺たちは顔を見合わせた。……各国に書簡を？

「それって、普通は国の中でそこそこの地位の奴がやるんじゃねぇのか？」

グランがこぼす。敬語は忘れられていたけど、ファルーアもぽかんとしていて無反応だ。

すると、姫はふふっと笑った。

「ええ、普通はそうですわね。ただ、これはカルーアとシュヴァリエからの推薦があってのことですわ」

ぶはっ。

吹き出したのはカルアさん。

「おいルクア、あたしは……」

「あら？　シュヴァリエにさり気なく進言したこと、わたくしは存じてましてよ？」

「ぐぅ」

「ふふ。それはもう、大事な親友の頼みとあれば、わたくし頑張りましたわ」

姫は口元を隠し、意味深に笑った。カルアさんも、この姫の前だと為す術すらないみたいだ。

「名誉あるお役目、〔白薔薇〕に不利益はないはずですわ。各国からすれば、欲しい情報を持っている皆さんを無下にすることもないでしょう。取り入ってくる輩《やから》はいると思いますが、上手く対処してくださいませ」


さて、ここで状況を整理しよう。

訪れる国は三カ国。この大陸にはラナンクロストを含め四カ国あるが、その残りをすべて回れとのことだった。……全部駆け足で行けば半年くらいだろうか。

その間、俺たちはラナンクロスト王国の使者となるかというと、そうではない。書簡を預かった、一冒険者……ギルドの使者という扱いだ。

つまり、中立の立場だな。これは、冒険者たちは国に縛られないというギルドの決まりに則っている。名誉勲章に国家間の移動制限を簡略化する効果があるのは、各国に貢献してもらうためでもあるのだ。よくできた制度だなぁと思う。

ちなみに、このギルドの制度を作り上げたのが、協力体制にあるラナンクロストと、これから書簡を届ける三カ国を足した四カ国だった。

そのため、各国に冒険者養成学校とギルドがあり、ギルドは国から独立した存在となっている。

そこで、今回の依頼を考えると。

各国からすれば、俺たちは中立の立場となり、扱いやすい。また、俺たちは各国に名前を売るいい機会だ。

なにより、カルアさんが俺たちにその機会を与えてくれたと取るべきだしな。……シュヴァリエは、どうでもいい。

つまり、断る理由がないのだった。


「さて、どうする？」

グランが切り揃えた顎髭を擦る。皆は思い思いのことを考えていたんだろうけど、それぞれ頷いてみせた。

「……まあ、乗らねぇ手はねぇよな！」

姫はその言葉に、うんうんと頷くと、近衛に指示して三つの書簡を出させた。

「では、書状にサインをしてもらわなければなりませんので、カルーア、ギルド長を呼んでくださる？」

「はいはい……ったく、人使いが荒いねえ」


王都ラナンクロストのギルド長は、まさに紳士だ。ギルドの制服である黒パンツと白シャツに、ネクタイとジャケット。白髪交じりの黒髪をオールバックにして、口髭が綺麗に揃えてあった。

「お呼びですかな、ルクア様」

「ええ。例の依頼を請けていただけることになりましたわ。書状のやり取りは任せます」

執事……いや、ギルド長はぺこりとお辞儀をして、洗練された動作でペンを取り出した。いや、洗練というか……くるくると異常な速さで回転させながらペンを出した、って感じ。

「僭越ながら、ラナンクロストギルド長、ムルジャが承りましょう」

すげーアグレッシブだった。


姫は満足したのか、帰っていった。

預かった書簡はファルーアが保管することにする。グランだと戦闘で潰すかもしれないし、ボーザックはなくしそうだからやだーと笑ったし、俺はそんな恐いものを持ちたくないし、ディティアはにこにこと拒否したからだ。

「私がなくしたらどうするつもりなのかしら」

「そりゃもう連帯責任だよね！」

「……〈不屈のボーザック〉、それ真面目に言ってくれているのよね？」

「あははっ、当たり前でしょ、ファルーア！〈不屈〉とか言われると照れるなー」

「……はあー、不安になるわ。大丈夫かしら」

明らかに不安そうなファルーアに、グランが笑った。

「心配すんな！　お前ならそんなヘマしねぇだろ！」

「それ、プレッシャーにしかならないわ」

俺たちは、とりあえず今後の予定を練るために宿に戻ることにした。

カルアさんとカナタさんにお礼を告げると、ふたりとも笑ってくれる。……うん？　そういえばカナタさん、姫がいる間は見事に気配がなかったな……。

「そうだ、ハルト君。ちょっといくつか伝えておきたいんだけど、いいかな？」

カナタさんにそう言われて振り返ると、皆が頷いてくれる。少し待っていてくれるみたいだ。

「まず、僕のバフはハルト君のバフと合わせて二重までならかけられる。ハルト君が三重にしているバフに重ねようとしても、上書きと相殺をして、二重になっちゃうはずだよ」

「あ！　いつの間に……」

「気になっていたでしょう？」

「はい！」

「うんうん、そう来ると思いました！　では続けましょう。逆に言うと、ハルト君なら僕のバフの上に重ねられると思うんです。少し試してみる？」

「はいっ」

俺たちはしばらくバフを試した。

結果、やっぱりカナタさんは二重まで、俺はその上からいくらでも……っていっても四重までしかやってないけど……重ねられることがわかった。

「やっぱりハルト君のは天性の才能です。素晴らしい」

嬉しそうなカナタさんに、俺は首をすくめる。

「いや、そんなことは……」

「いいえ、僕は鼻が高いです。いつか学校を開いたら、講師として招きますからね」

にっこりするカナタさん。

「範囲バフも、僕は百人が限界です。ハルト君にはその倍を期待しますよ！」

そして、無理難題を突き付けてくる。

「そんなにですか……」

そもそも百人なんて未知の領域だ。タイラント戦ですら八十人くらいだったよな……？

「ふふふ、そうと決まれば準備を進めないと。バッファーが使える人材だってことを世に知らしめましょう！」

俺は苦笑して、頷いた。

「頑張ります、カナタさん」

……カナタさんは満足そうな顔をして、最後に、紙を一枚くれる。

「特別なバフを考えました。やってみてください」

俺はありがたく紙を本に挟んで、カナタさんに別れを告げた。

テーブルの上に、革袋からこぼれ出した大量の魔力結晶。

遺跡調査の報酬の一部として確保したそいつらをどうするか、俺たちは迷っていた。

宿に持って帰ってきたのはいいけど、もともとレイス——つまり人間の血の塊。装飾品にするのも気が引けるしなあ。

ちなみに、報酬のうち、現金はパーティーで十万ジールだった。グランからは小遣いとして臨時の支給がされ、使い道は各々自由だ。

なにか食べるもよし。鎧の下の服も新調したいし、双剣の手入れ道具も新しくしたいかも。

「……魔力結晶は、いくつかは魔法を込めておきたいわね。いざっていうときに投げれば使えるから」

俺がいろいろと考えていると、ファルーアが手頃な大きさの結晶を摘んで、転がした。

「じゃあ二、三個あればいいか？」

「そうね。このあたりのをもらっておくわ」

ファルーアが魔力結晶を手に取ると、グランは俺のほうを向いた。

「ハルトはいるか？」

「うーん、いまのところバフを込めるのもあんまりなあ。……必要なら全員分作るけど」

バフを込めておいても、持っているだけじゃなんの効力もないことはファルーアに確認済み。壊すことで発動するらしい。

「壊すのに苦労しそうだよね！」

ボーザックが笑う。

そうなんだよなあ。……カナタさんが研究したかったのもわかる気がする。でも、レイス――もとは人間の血だと知ってしまったいま、それも気が引けるんだけどさ。

「……じゃあ、残りは売るか？」

「そうですねぇ」

グランとディティアのやり取りを聞きながら、俺はバフの本からカナタさんのメモを取り出す。

そういえば、特別なバフって言ってたよな。

「……おお」

思わず、食い入るように見てしまう。

すごい!

……そのバフは、負傷者に使うバフだった。傷口の周りの細胞を活性化させて修復を速めるもので、例えばこの前のボーザックについても、これがあればもっと早く処置ができたはずだ。

ただ、欠点も書いてあった。ヒーラーのかけるヒールと違い、損傷が酷い場合には役に立たないだろうってこと……修復が間に合わないのだ。それから、細胞を活性化させるので、そのあとは細胞が活動を抑えてしまうかもしれないこと……つまり、そのときに怪我をすると致命傷にもなりやすい。

……カナタさんは、バフの創造力に長けているんだなと改めて認識した。

俺は、バッファーとして自分がどうしたいかなんて考えたこともなかったけど、いろいろと考えていかなきゃならない時期なのかもしれない。

……でも、いまは〔白薔薇〕で有名になりたい。

ディティアに会って有名になりたいと思ったし、皆もそう感じていたけど、このパーティーで強くなりたい。有名になりたい。すごくそう思っていることに気が付いた。

〈疾風のディティア〉は笑うようになったし、打ち解けたと思う。だけど、まだまだ彼女は高みにいるんだよな。……ルクア姫の言葉からも、それは推測できた。

……もっと、強く。もっと、バッファーとして必要とされる存在に。

俺は、自分の気持ちを改めて確認して、拳を握った。

そのために、まずは使えるバフを増やそう。それから、範囲バフは必須だよな。あとは重ねがけしても大丈夫な体作り。

やることはまだまだある。これから各国を巡ることになるし、きっとそれが力になる。

「……ハルト君？」

「あ、うん？　なに、ディティア」

「……」

ディティアは俺の顔を覗き込み、笑った。

「なんだか少し大人びた？」

「はは、ちょっと成長したのかも？」

応えると、彼女はますます破顔する。

きっかけをくれた有名な双剣使いの、屈託のない笑顔。これを見ることができる俺たちは、間違いなく幸せ者なんだろう。


大金を持ち歩くのも重いので、俺たちは初めてギルド預金なるものを利用した。ものも預けられるとわかったので、魔力結晶も預けてしまうことにする。

このギルド預金とは、ギルドが責任をもってお金やものを預かってくれる制度だ。

面倒臭いのが、預けた場所以外のギルドだと引き出すのに時間がかかることと、お金以外の物品は取り寄せになるという点だ。

いくら預けているとかいう情報はギルドで保管されるけど、その照会が大変なんだとか。なので、必要な金額は基本的に持ち歩くほうがいいのだ。

さらに、動きがないまま三年放置するとギルドに自動的に寄付されてしまうので、注意が必要とのこと。

〈疾風のディティア〉は、彼女のいたパーティー〔リンドール〕で管理していたギルド預金があるという。彼女は、この際だからと〔白薔薇〕で作ったギルド預金に全額入れたらしい。

グランは金額は言わなかったけど、ちょっと引いていた。

「いつかギルドハウスでも建てるか……?」

なんて苦笑していたくらいだ。

とにかく、俺たちは当面のお金や目的には困らない。それは冒険者としては幸せで、贅沢なことだった。

「まず北のノクティアから行こうと思うんだが」

グランの一言に、反対意見はない。

「……よし。じゃあ、馬車で国境まで行っちまうか」

目指すは、ラナンクロスト王国の北側、山脈の向こうの国、ノクティア。

名誉あるお役目とやらを携えて、俺たち〔白薔薇〕の目的地は決まった。

「さあて！　そうと決まれば、今日はぱーっと贅沢するぞ！」

「待ってました～！」

ボーザックが、ぱちぱちと手を叩く。

「ねえグラン、たまには高級なお店がいいわ」

「あっ、私もそれがいいな！」

「……なんだそりゃ？」

「コース料理！　王都には有名なシェフがいるのよ」

「ええ、俺たち、そんなところに行ける服はないよ？」

「……あー、確かに」

ボーザックに納得して頷いたところで、一瞬静寂が訪れた。


――たぶん、皆、気が付いたんだろうな。勿論、俺も。


「思ったんだけど、国を巡って偉い人に会うなら、正装もあったほうがいいんじゃない、かな？」

結局、ディティアが恐る恐るといった感じで切り出したのだった。

特別書き下ろし　双剣使いとバッファーと。

冒険者養成学校とは、これから世界へと冒険に出る者たちを育てる施設である。入学試験を経て学生となり、三年間の学生生活ののち、卒業試験を受けて、晴れて冒険者になれるのだ。

入学後、最初に待っているのは『職種決定』で、そこで自分の武器や役割……例えば前衛の大剣だとか、そういうパーティーでの立ち位置や武器を決めることになる。

私、ディティアは、前衛または中衛で、武器を双剣と決めた。

ええと、双剣っていうのは最初から決めていたんだけど、一番前で戦うのか、真ん中あたりで遊撃手になるのか、そこまでは考えていなかったんだよね。

双剣は本当に素敵な武器で、長さや形も多種多様なの。反り方ひとつで攻撃に使う筋肉も微妙に違ってくるし、敵の一撃を弾くのか、受け流すのか、受け止めるのかも変わってくる。

この武器に、私はすっかり魅了されている。


学生生活は本当に楽しかった。生きるために必要な知識を学び、名を馳せた冒険者の物語を読み、野草でも、食べられるもの、薬になるもの、毒になるものがあると知った。

　同じ学年は、四十人ほどで一組。それが十組あって、学生生活最後の年には十人ずつに分けられ、模擬戦で対抗する。……その模擬戦を控えたある日、私はいつも一緒に行動している四人と、あれやこれやと他愛のない話をしていた。

「ねぇ、ディー。あっちの組の長剣、あの黒髪の人！　どう思う？」

　お日様によく映える金色の髪を持つメイジのスウは、高い位置で一本に結われているその髪を揺らしながら、うっとりとした表情で言った。

　今日は戦闘学の授業がなく座学だけなので、黒縁の大きな眼鏡だけはいつもと一緒で、白いブラウスに水色の膝下までのスカートという、可愛らしい出で立ちだ。彼女は普段、全身を覆う紺色のローブである。

「もう～、スウはすぐ長剣の人に目が行くね～」

　スウと同じ金髪を左右に分けて結った少女、こちらはルウ。スウの妹だ。姉妹揃って入学してきたんだけど、見た目はまるで双子のよう。ルウはふわふわと袖の膨らんだ白いブラウスに、フリルの付いた赤いスカートだ。ヒーラーの彼女は普段から白いフリフリのローブを着ているので……うん、いつもと変わらない感じで、すごく可愛い。

　彼女たち姉妹は、背があまり高くない私よりももう少し小さくて、なんていうのかな、守ってあげたくなる感じなんだよね。

「うーん、あたしはその隣の大剣使いのほうがいいや」

さらっと言葉を発したのは金髪でショートカットの背の高い女の子、ナレル。

羨ましくなっちゃうくらいにすらっとした長い手足で、見た目はきりりとしている。使うのは弓なんだけど、放たれる矢の命中率はかなり高く、後ろを任せても信頼できる。今日は首元が広めに開いた薄い緑色のシャツに、膝下丈の茶色いパンツ。ベルトとして使っている布はお腹の真ん中で可愛いリボン結びになっていた。

「……あたしは、もう少しおとなしそうな人がいいかな……」

その後ろで微笑むのは、真っ直ぐでさらさらな黒髪を、背中を覆うほどの長さまで伸ばしているユヴァ。彼女もスウと同じメイジなんだけど、今日もいつも通り足首まである真っ黒なローブだった。

「こうも趣味が合わないと、取り合いにならなくていいわね」

黒縁眼鏡をわざとらしく持ち上げて、スウがにやりと笑う。

「え～、ディーはまだ、なにも言ってないよ～？」

スウの妹、ルウがほわんとした言葉を発して、ほっこりと見守っていた私は、はっと我に返った。

「え、わ、私？」

「ははっ、ディーは双剣が恋人だからな、困ったもんだ」

ナレルが私の頬を左右からむにむにするので、思わず口を尖らせる。

「こ、恋人って……！　双剣はね、もっと……」

「いまは、双剣の話題じゃないよ、ディー」

声音こそ控えめだったけど、ユヴァがぐさりと突いてきて……うう、酷いなあ。

「まあ、もうすぐ模擬戦でしょ？　そのときにディーに見合う男を探すわ」

今度は、なぜかスウが張り切り始め、ふふん、と腕を組んだ。

「はーん、それはいいかもね。ディーは可愛いのに勿体ないしさ」

ナレルが同意して、私の髪をくしゃりと撫でる。

「う……うう、可愛いって、そういうお世辞はいいの！」

私はそれぞれが笑みを浮かべているのを見て、ぷーっと頬を膨らませる。

……勿論、恋とかそういうのに興味がないわけじゃないけど……ほら、もうすぐ冒険者になるんだもの。いま好きな人なんてできちゃったら、きっと切ないだけだと思うんだよね。離れるのも寂しいかもしれないし。

「ディー、顔が赤いね」

「うっ、ゆ、ユヴァ！　いいの、そういう突っ込みはなくていいの！」


そうしてやってきた模擬戦の日。十人一組で臨むその時間は、私たちの成績に直結する大事なものだった。一組が最低でも四戦し、頂点が決まるまで数日に渡って行われるのだ。

私たちはそれぞれ試合を観戦して次の相手の特徴を調べたり、逆に自分たちの試合では次の試合のために奥の手を隠したりと、戦闘に関しての判断力なども鍛えることになる。

——ところが、一緒になっている四人はそんなのそっちのけ。

宣言通り、私に合うという男性を探していて……。

「もう、皆もう少し真面目に見ようよ～」

私が思わず言うと、彼女たちはとんでもない！　と怒った。

「私たちのディーよ、それに見合う男じゃないと駄目なの！」

スウが黒縁眼鏡をしっかりと押さえながら言うのに合わせて、ほかの皆もうんうんと首を上下に揺らす。

「仲がよくていいな、お前たちは」

「いや、むしろさ、俺たちも男なんだけど」

一緒の組になった男の子たちが笑う。

「あんたたちじゃ駄目だね」

ナレルがずばっと言い切ると、男の子たちはわかっていたのかこっちに向けて肩をすくめ、「駄目だこりゃ」と、首を振った。

私は「あはは……」と乾いた笑いを返して、一心不乱に試合を眺める彼女たちから離れ、ほかの会場を見にいくことにする。

試合が行われる会場は校庭に五カ所、屋内に五カ所あって、自分たちがどこで戦うのかは直前までわからない。いまいるのは校庭なんだけど、私は屋内の会場を見ておきたかったんだ。

ふらりと入った屋内の会場のひとつ。そこは広間のような大きな会場で、吹き抜けになっている。観戦者は二階から見下ろす形で見学することが許されていて、会場の中では珍しい造りみたい。

……あのテーブルと棚を足場にしたら、ちょっと面白そうかな。

私は、自分がここで戦うことになったらどうするかと思案しながら、いま戦っている人たちを眺めた。

——大きな体をした大盾使いの男の人が、太い声で指示を飛ばしている。

「おおっらぁ！　おい、そっち行ったぞ、ボーザック！」

「ええーっ、それ飛ばしたって言うんだって、グラン！」

使用するのは模擬戦専用装備。攻撃が当たった箇所に色が着くようになっていて、それが一定範囲を超えるか、一撃で戦闘不能と先生たちが判断すると、『負傷者』として離脱させる仕組みなんだよね。ある程度は魔法耐性もある装備だから、メイジたちも結構容赦がないんだ。

勝敗を決するのはどちらかが先に四人になったとき。全員を倒さなくていいことも、よく考えられている。

「もおーっ、俺ばっかり動かしてさ！　……悪く思わないでねっ！　たああ！」

……捉えた。大剣使いの小柄な男の子は、大盾使いの男の人が弾き飛ばした長剣使いを斬り伏せる。

「おっしゃあ、次だ！　バフ寄越せ、ハルト！」

「はいはい……肉体強化！」

わあ、珍しい！　バッファーがいるんだ？　この組。

私は驚いて、ハルト、と呼ばれた男の子を目で追った。

バフっていう各種強化魔法を使うバッファーが、この学年に数人だけいるのは知ってたんだけど……実は戦うところを見るのは初めてだったんだよね。

その男の子はハチミツのような色の髪で、すらっと背が高く、武器は……わ、双剣！　うんうん、素敵な武器を選んでる！

わくわくしながら見ていると、『肉体強化』をかけられた大盾使いの男の人が、思いっ切り振りかぶった。

「おおおおっらあああああ！」

「うわあぁ!?」

ドガアーーンッ！　バラバラバラッ

殴られた人は大剣を持った男の人だったんだけど、なんと、殴ったほうの男の人の大盾が弾けて粉々になっちゃって。……当然、吹っ飛ばされた大剣使いのほうは、『負傷者』として連れていかれてしまった。

すごい、バフってあんなに効果があるんだ……？

「次はどいつだ！」

「いや、グラン……大盾壊すの何回目だよ。少しは加減を……」

「あぁ？　この練習用が脆すぎんだよ。俺のせいじゃねぇぞ」

バッファーの男の子が呆れた声で言うから、私は思わず吹き出しそうになった。

うわあ、何度も壊してるんだ、大盾使いの人……！　そうすると、バフっていうよりは、あの人が強いのかもしれないな。

そこに、隙を突いた女性の弓使いが、部屋の隅からバッファーの……ええと、そう。〈ハルト君〉に向かって矢を放った。

ああ、とため息がこぼれた。あれは死角だ。避けるには間に合わない……もう少し見ていたかったんだけどな……。

残念な気持ちになって、思わず唇をきゅ、と結ぶ。


——けれど次の瞬間、私は息を呑んだ。


「……うわっ！」

「え……⁉」

彼は……〈ハルト君〉は、避けたんだ。いとも簡単に。

嘘……完全に死角だったはずなのに。いまのは、私でも避けられるかどうかわからない……。

「燃え尽きなさい」

「きゃあ！」

弓使いには、同じく少し離れた場所にいた、すごく綺麗なメイジの炎が襲いかかる。

「あー、ごめんファルーア、助かったー」

「構わないわ、ほらハルト、次が来るわよ」

「え？　……っとぉ」

〈ハルト君〉は、剣を振り上げて斬り込んできた長剣使いの一撃を……また、躱す。

彼の動きは、ものすごく速い。私は呼吸を忘れて、彼の流れるような動きに見入ってしまった。

「ハルト！」

「任せろ、速度アップ！」

今度は、大剣使いの小柄な男の子にバフをかける。それを受け、男の子はまるで長剣を振るうかのような速さで、軽々と刃を閃かせた。

その間に相手メイジの放った魔法が〈ハルト君〉に向かったのを、彼はひらりと躱し、今度は一転してそのメイジへと駆けていく。

――胸が、どきどきした。

双剣の使い方こそ、上手いとは言いがたかったけど……反応の速さと動作の俊敏さは、眼を瞠るほどで……。

「すごい……彼、強い……！」

思わず、興奮した声がこぼれてしまったんだけど。

「ふーん？　あいつがディーの好みかぁ」


私は、その声に硬直した。

「す、す、スウ！」

呼びながら慌てて振り返ると……わあ、嘘！　皆いる！

「ち、ちがっ……そういうんじゃなくて、ねえ、見て！　彼バッファーで……！」

「へー、バッファーだけど双剣使いか。やっぱディーは双剣がいいんだ」

ナレルが、女の子でも見とれるくらいにきりりとした笑顔をたたえ、すらりとした腕で私の首を抱える。

「そ、そうじゃないんだってば！」

首を振るけど、なんでだろう、どんどん顔が熱くなる。

「ディー、真っ赤ね」

ユヴァに静かに言われて、私は両手で頬を覆った。

「そ、そんなことっ……うう」

あれ、あれー？

――そうしているうちに、〈ハルト君〉たちの試合は終わったのだった。

そのあとの模擬戦では、バッファーがいるという試合はできるだけ見にいった。……うん。むしろ皆に引きずられるようにして連れていかれただけ……なんだけど。

バッファーが強いのかと思ったけど、どうもほかのバッファーは戦うのが苦手みたいで、私は首を傾げる。

「やっぱり……〈ハルト君〉が強いのかな……？」

思わず呟いた私に、ルウがぴょんぴょんと跳び跳ねた。

「〈ハルト君〉～？　ディーったら、いつの間に～？」

「えっ！　わ、違うよ、違うの！　名前、そう聞いたから勝手に呼んでるだけ！」

「勝手に呼ぶくらい気になっちゃうわけね？」

「スウ！　そうじゃないってば。も、もうー！」

私は慌てて踵を返し、頬が熱いのをなんとかしようと奮闘しながら大股で歩き出した。

――ところが。

ドンッ

「ひゃっ！」

「おお、悪ぃな。大丈夫か？」

完全に混乱していた私は、出会い頭に大きな人とぶつかって尻餅をつき……硬直した。

「グラン、あなた気を付けなさいよ」

ぶつかった人に注意をする、すごく綺麗なメイジの女性。――そして。

「……立てるか？」

差し出された、手。ハチミツ色の髪と、蒼い眼をきらきらさせて……バッファーで双剣使いの男の子が、私を見下ろしている。

「……！　……ッッ！」

「……どうしたのー？　どこか痛いー？」

固まっていた私は、大剣使いの小柄な男の子に言われ、はっとした。

「あっ、はいっ、大丈夫！」

私は大慌てで……不思議そうな顔をしている〈ハルト君〉の手を取り、立ち上がる。

「あ、あの、ありがとう……」

「おう」


――なにごともなかったように去っていく彼らを見送り、私はぼーっと突っ立っていた。

「んふふ、ディー？　どう？　どうなのよ？　気になっちゃってる？　なっちゃってるの？」

高く一本に結った金の髪をなびかせて、スウが話しかけてくる。

その後ろでは、皆がにやにやしていた。

「……や、優しい人だな、とは思いましたッ、はい！　以上、終わり！」

私がやけになってそう返し、盛大に頬を膨らませると、皆は嬉しそうに、大きく頷くのだった。

……それから、〈ハルト君〉と話すことはずーっとなかったけれど。

あの日から、私はバッファーに興味を持った。私の中で、バフを使いこなしていた〈ハルト君〉が忘れられない存在になったのは、確かだったんだ。


（第一巻　了）

Special
キャラデザ大公開 buff.01

ハルトを含むパーティー〔白薔薇〕メンバーの
デザインラフを大公開！
Illustration 吉田エトア

ハルト

24歳／バッファー
二つ名：〈逆鱗〉

素直な人柄で仲間からは愛ゆえに弄られがち。デリカシーに欠けるのが玉に瑕だが、根はとても優しい好青年。ただし恋愛方面には鈍い。

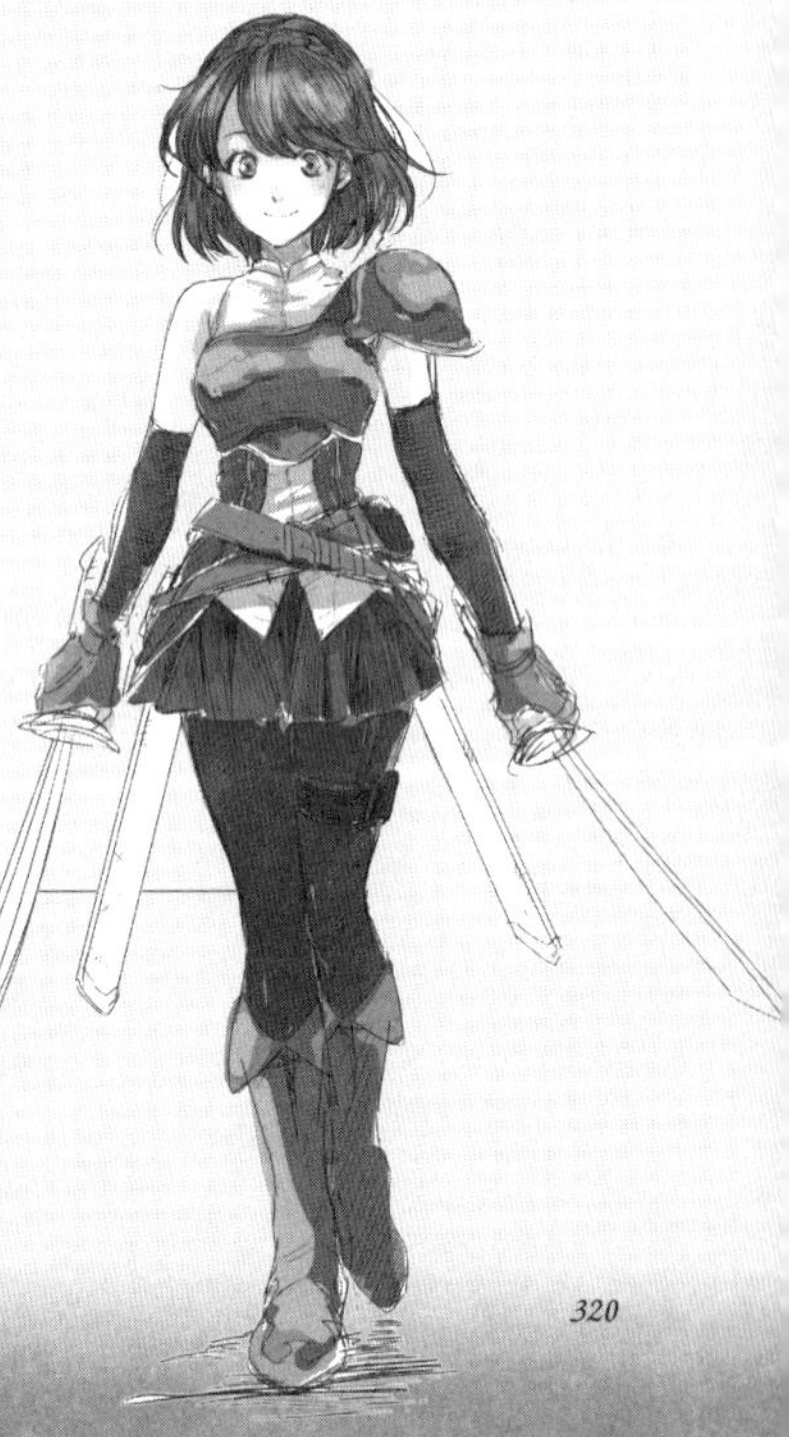

ディティア

24歳／双剣使い
二つ名：〈疾風〉

ハルトと同じ養成学校の出身。早くから二つ名持ちとして有名に。優しく明るい性格だが、双剣について語らせると止まらない。甘いものが大好きで虫は苦手……。

グラン

30歳／大盾使い

パーティー〔白薔薇〕の頼れるリーダーで、面倒見のいい、皆の兄貴分。パーティー名の由来は、彼が白薔薇が好きなことから。

ボーザック

25歳／大剣使い

明るく快活で、パーティーのムードメーカー的存在。ハルトとは養成学校時代から切磋琢磨し合う、親友のような関係。

ファルーア

26歳／メイジ

姉御肌でサバサバとした性格の美女。パーティーではグランの相談相手を務めることも。ディティアを妹のように可愛がっている。

あとがき

初めましての方もそうでない方も、皆様いらっしゃいませー！

この度は『逆鱗のハルト』第一巻をお手に取ってくださり、ありがとうございます。

こちらは「小説家になろう」で投稿をしている作品ですが、書籍化にあたり、たくさん加筆修正、かつ書き下ろしを収録。さらには大変好みな挿絵まで付きました！

……というわけで、まずは誤解を招きそうな『王道ファンタジー』について書きたいと思います。

私の『王道』とは、なんの変哲もない普通の人たちが、強くなったり有名になったりしていく……そんなどこにでもあるお話のことです。転生や転移、個人的にはかなり好物ですが、このお話は『最初からあるファンタジーの世界』を舞台としています。

そして、その世界で生きる『お人好しの冒険者』が主人公たちであり、皆様とともに成長している冒険譚だと思っています。

いつも見てくれるあなた、たまに見てくれるあなた……そしていま、これを手にしているあなた。

本当にありがとうございます。この場をお借りしてお礼を。

それでは、また次の巻でお会いしましょう！

今日のバフは『肉体強化！』

――皆様が健康でいられますように。

奏

冒険の舞台は北の国、
ノクティアに！
〔白薔薇〕の活躍は
止まらない!?
逆鱗のハルト
II
第2巻2018年冬発売予定！
著者：奏／イラスト：吉田エトア／発行：新紀元社／定価：本体1,200円+税

逆鱗のハルト 1

2018年10月7日 初版発行

【著　　者】奏

【イラスト】吉田エトア
【編集】株式会社 桜雲社／新紀元社編集部／堀 良江
【デザイン・DTP】株式会社明昌堂

【発行者】宮田一登志
【発行所】株式会社新紀元社
〒101-0054　東京都千代田区神田錦町1-7　錦町一丁目ビル2F
TEL 03-3219-0921 ／ FAX 03-3219-0922
http://www.shinkigensha.co.jp/
郵便振替　00110-4-27618

【印刷・製本】株式会社リーブルテック

ISBN978-4-7753-1622-1

※本書は、「小説家になろう」（http://syosetu.com/）に掲載されていたものを、改稿のうえ書籍化したものです。